Harald Kuhlmann * Queer Theatre

Harald Kuhlmann

QUEER THEATRE

Vom Überdruss an der Kunst, falschem Erfolg & den Lieblingen des Feuilletons

Doku-Fiction

Bibliografische Information der Deutschen Nationalbibliothek:

Die Deutsche Nationalbibliothek verzeichnet diese Publikation in der Deutschen Nationalbibliografie; detaillierte bibliografische Daten sind im Internet über dnb.dnb.de abrufbar.

ISBN: 978-3-7597 68032

Herstellung und Verlag:

BoD – Books on Demand, Norderstedt

Fotonachweis:

Umschlag-Rückseite:
Leonard Zubler (Autorenfoto)

In memoriam
Manfred Salzgeber
1943 – 1994

1

Ein geborener Schauspieler

Nach den Jahren der Selbstüberschätzung und -stilisierung suchte Hubert die Rückkehr zum einfachen Leben. Er zog aufs Land. Man hatte ihm zu verstehen gegeben, damals, dass seine Bemühungen als Schauspieler nicht herausragend waren, und ihm nach ein paar Anfängerjahren am Theater in D. gekündigt. Sein Chef allerdings, Intendant Schlaumeier, drückte es anders aus.

"Sie sind jung, sehr begabt", sagte er, zugleich aufrichtig und verlogen. "Es wäre schade, sich hier verbrauchen zu lassen. Sie gehören an eine ganz große Bühne."

Den Beruf wieder aufzugeben, den er früh und aus vollem Herzen ergriffen hatte, höchst erfolgreich zunächst, und der ihm jetzt solche Demütigungen einbrachte, dies überlegte sich Hubert nun ernsthaft. Die Kollegen fingen schon an, ihn zu bedauern. Auch offene Häme brach aus.

Es war in den letzten Wochen der Spielzeit, wir nudelten fast täglich den FAUST II herunter, mit den Gedanken schon im Urlaub, als es zu beträchtlichem Aufsehen kam. Hubert spielte den Knaben Wagenlenker, seine so genannte Ansehrolle, und erstürmte jeden Abend, in schicker Lederkluft auf einem Motorrad sitzend, mit den Worten HALT, ROSSE! HEMMET EURE FLÜGEL/ FÜHLET DEN GEWOHNTEN ZÜGEL, den Motor kurz aufheulen lassend, die Bühne (Inszenierung Dr. Müller-Zeitgeist).

Eines Abends platzte an dieser Stelle ein Scheinwerfer,

dann noch einer, Glasscherben fielen herab und knirschten unter den Sohlen, wir standen im Halbdunkel. Hubert geriet in die größte Verwirrung. Leute von der Statisterie kicherten, das Publikum wurde unruhig, hinter der Bühne setzte ein Gerenne ein. Normalerweise fällt in derlei Situationen der Vorhang. Aber nichts geschah. Auch mir, der ich den Herold spielte, fehlten die Worte. Lähmende Sekunden vergingen, kein Vorhang senkte sich gnädig herab.

Da springt Hubert vom Motorrad, reißt sich die Edelklamotten vom Leib, verlässt mit dem Ausruf "Och, leckt mich doch alle ...!" die Bühne und – auf dem Umweg über seine Garderobe – das Theater, um es nie wieder zu betreten. Die Vorstellung wurde abgebrochen. Die Konventionalstrafe war enorm. Hubert zahlt, glaube ich, heute noch daran.

In den Siebzigerjahren traf ich ihn wieder. In Hamburg, auf der Mönckebergstraße. Jemand spricht mich von hinten an: "Guten Tag, mein Herold." Ich drehe mich um, erkenne ihn nicht sofort. Er fällt mir um den Hals. "Ich bin's, Knabe Wagenlenker." Sein Zutrauen überraschte mich, wir waren keineswegs befreundet. Mich beschlich ein Gefühl des Unbehagens.

"Ich will ja nicht boshaft sein", sagte er und lehnte seinen Unterkörper gegen mich, "aber ein Glanzlicht warst du auch nicht gerade, wie wir alle, in dieser tierisch blöden Inszenierung. Was von Müller-Zeitgeist gehört? Ich glaube, er macht Regie in Cuxhaven. Gibt es dort überhaupt ein Theater?" Große wegwerfende Geste. "Gott sei Dank, dass ich mit alldem nichts mehr zu tun habe!"

Vom Rathausplatz flog ein Schwarm Möwen auf. Zustimmend verdrehte ich die Augen, wusste aber selbst nicht genau, warum. "Wie geht es dir, Hubert", fragte ich lahm, "wohnst du in Hamburg?"

"Ich lebe auf dem Land. Ich habe mir, halt dich bitte fest, ein Bauernhaus gekauft. Sehr schön gelegen, zehn Minuten zur Ostsee, für schlappe Hundertfünfzigtausend."

Die Möwen stießen kreischend auf eine Gruppe von Schülern herab, die sich mit Popcorn bewarfen. "Die sind wohl im falschen Film", sagte ich, auf Hitchcock anspielend, und zog Hubert in Richtung Thalia-Theater, um die Fotos in den Schaukästen zu betrachten. Aber dieses Ansinnen wies er zurück. "Ich kriege das kalte Kotzen, verschone mich ...!"

"Ja, heißt denn das, du willst überhaupt nicht mehr Theater spielen? Hubert, du bist ein geborener Schauspieler."

"Oder auch nicht. Gelegentlich mache ich noch Fernsehen. Mal hier, mal dort ein paar Drehtage. Von irgendwas muss ich ja leben, bis ich mir etwas Neues aufgebaut habe."

"Und was soll das sein, wenn ich fragen darf?"

"Willst du es wirklich wissen? Nun gut, ich lade dich ein, mich zu besuchen. Vielleicht am Wochenende ..."

"Geht nicht. Habe Vorstellung."

Wir schlenderten in Richtung Alster, redeten dummes Zeug und standen schließlich doch vor den Schaukästen des Thalia-Theaters. Hubert erkannte mich auf einem der Fotos. Ich muss gestehen, dies war auch meine Absicht gewesen, und mein Unbehagen wich einem Gefühl des Wohlbefindens.

"Bist du das hier", fragte er und machte einen spitzen Mund, "das ist ja nun wirklich das Letzte. Du spielst an diesem Saustall?" Er tat, als müsste er sich übergeben. Ich ging mit mir zu Rate, ob ich beleidigt sein sollte, denn immerhin spielte ich die Hauptrolle in dem Stück, hatte eben erst Premiere gehabt und hervorragende Kritiken bekommen.

"Hubert, rede doch nicht so! Du gewinnst dir keine Freunde damit", sagte ich nachsichtig. "Hör mal, um zehn ist Probe. Es bleibt noch etwas Zeit. Wir gehen rauf ins Betriebsbüro, und ich stelle dich den Leuten vor. Möglich, dass der Intendant schon im Haus ist ..."

Wieder große wegwerfende Geste. "Ich habe es nicht nötig, Boy Gobert in den Arsch zu kriechen", schrie er so laut, dass der Bühnenpförtner den Kopf wandte. "Da sitzen schon genug Andere drin!"

Jetzt reichte es mir. Woher nahm er bloß diese Arroganz, diese Selbstsicherheit? Und überhaupt, was hatte er für ein unmögliches T-Shirt an: mit aufgedruckter Meerjungfrau. Ich entschloss mich, gekränkt zu sein, und entwich mit vagem Abschiedsgruß in die Kantine.

Aber Hubert ließ sich nicht abschütteln. "Wie wär's mit übernächstem Wochenende", rief er hinter mir her. "Ich lass dir meine Adresse beim Pförtner. Muss unbedingt mit dir reden. Bitte nicht sauer sein! Besuch mich ...!"

Ich dich besuchen, Bürschchen? Nie und nimmer.

Es kam, wie es kommen musste. Nicht übernächstes, aber an einem der folgenden Wochenenden saß ich im Zug nach M., einem fürchterlichen Kuhdorf an der Ostsee. Hubert hatte mir einen langen, herzerweichenden Brief beim

Pförtner hinterlassen, in dem es von Wörtern und Wendungen wie VERDAMMTE SCHEISSE/ABER SO GLAUB MIR DOCH/ICH SCHWÖRE BEI ALLEM WAS MIR HEILIG IST/DU BIST DER EINZIGE MIT DEM ICH REDEN KANN nur so wimmelte. Worüber er reden wollte, sagte er nicht.

Ellen, der ich den Brief zeigte, riet mir zwar hinzufahren, weigerte sich aber, mich zu begleiten. Sie kannte Hubert ziemlich gut, hatte sie doch in der tierisch blöden FAUST II-Inszenierung die Helena gespielt. Damals lernten wir uns kennen, ein Jahr später haben wir geheiratet.

"Sieh mal, er ist ein Wirrkopf und hochgradig gefährdet", meinte sie. "Wahrscheinlich hat er irgendwelchen Liebesknatsch. Oder er will dich anpumpen, – das wohl eher!"

"Aber wir sind eigentlich gar nicht befreundet."

"Ist das ein Argument? Er braucht deine Hilfe."

"Könntest du nicht nochmal mit ihm telefonieren?"

"Hat wohl wenig Zweck, – er will *dich*!"

Zuletzt ließ sie sich doch noch bereden. Hubert hatte uns, beziehungsweise mir, die Nummer eines Supermarkts im Dorf genannt, unter der er morgens zwischen acht und neun erreichbar sei. Ellen rief ihn an. Seine Stimme klang übermüdet, fast flehend. "Warum rufst du an? Kommt Georg nicht?"

Ellen, kluge Taktikerin, ging auf seinen Ton erst gar nicht ein. Sie fragte ihn nach diesem und jenem. Wie er den Kaufpreis des Hauses finanziert habe, ob er dort allein lebe, ob schönes Wetter sei. Dann, unvermittelt, ob sie mitkommen solle? "Ellen, bitte sei mir nicht böse. Ich möchte mit ihm allein sprechen." Das war deutlich.

Am nächsten spielfreien Samstag – Ellen nahm an einem Casting in der Freien Szene teil – saß ich nun am Fenster eines Nahverkehrszuges nach Kiel, mit Kurswagen Richtung Flensburg, und ließ die platte, zersiedelte Landschaft an mir vorbeiziehen. Dies war also die Heimat der Meerjungfrauen.

2

Sodbrennen

Ehrlich gesagt, ich hasse es, begönnert zu werden. Vielleicht hätte ich nicht so laut schreien sollen, das hat ihn in Verlegenheit gebracht, aber ich konnte mich einfach nicht beherrschen. Mein größter Fehler. Es war natürlich Absicht von ihm, mich vor die Fotos in den Schaukästen zu schleppen, – wollte sich bisschen bewundern lassen, der kleine Hosenscheißer! Doch den Gefallen tat ich ihm nicht. Einmal eine Lobeshymne in irgendeinem Käseblatt, mein Gott, und der Pegel seiner Selbstzufriedenheit steigt höher als die letzte Hochwassermarke. Das Thalia, man wird es evakuieren müssen, wenn die Presse ihn weiter lobt.

Aber Schorsch sah blendend aus. Überhaupt nicht gealtert, der Typ, und kein Wunder, dass er bei Herrn Gobert engagiert ist, der ja bekanntlich schöne Menschen um sich haben will. Nur, wie man mit dem Amüsieronkel überhaupt arbeiten kann, dieser Quotentunte des deutschen Heimatfilms, das begreife ich nicht.

Endlich, nach vielem Hin und Her hatte ich ihn so weit, Schorsch meine ich, die Einladung anzunehmen, nachdem er zuletzt noch versucht hatte, seine Elli einzuschalten. "Möchtest du, dass ich mitkomme?" Flöt, flöt. Sie war immer eine schlechte Schauspielerin, grottenmäßig schlecht. "Woher hast du hundertfünfzigtausend Mark, Hubsilein? Ist deine Konventionalstrafe schon bezahlt?"

Nein, ist sie nicht, blöde Kuh. Womit habe ich eigentlich verdient, immer nur mit diesem Härtefall identifiziert zu werden. Sobald irgendwer meinen Namen hört, fragt er nicht, wie es mir geht, was ich mache, ob ich genügend zu tun habe, sondern ob ich meine Konventionalstrafe schon bezahlt habe. "Sie Ärmster, woher wollen Sie bloß das viele Geld nehmen?" Es hatte sich herumgesprochen, auch an anderen Theatern, dass ich zur Zahlung einer Netto-Abendeinnahme verdonnert worden war, etwa fünfundzwanzigtausend Mark, aber das war nicht das Schlimmste. Am schlimmsten war das Beileid der Kollegen.

Zugestanden, es war nicht ganz in Ordnung, was ich damals gemacht habe, und ich verlange ja auch nicht, dass man mir deswegen ein Denkmal setzt. Mit den meisten meiner Spielkameraden aus jener Zeit – nein: mit allen! – habe ich keinen Kontakt mehr. Routinemäßig bewarb ich mich noch an verschiedenen Provinzklitschen, aber da war nichts zu machen. Entweder kein Interesse, oder sie wussten Bescheid. Was soll's, dachte ich, wenn du sowieso keine Chance hast, bewirb dich doch gleich an der Schaubühne, dem damals wohl berühmtesten Theater, und das tat ich dann auch. Mit überraschendem Ergebnis, wie sich zeigte.

"Hey, was ist los", rief Schorsch, als er vom Zug auf den Bahnsteig sprang und mir in die Arme stolperte, "heute ohne Meerjungfrau?" Seine gute Laune war aufgesetzt. Wahrscheinlich dachte er, o Gott, auf was habe ich mich da eingelassen.

"Willkommen am Arsch der Welt", flachste ich. "Sind noch vier Kilometer, bis wo ich wohne ...!"

Dies hatte ich vorher abgeklärt mit ihm, dass wir

nämlich noch ein Stückchen zu gehen hätten, trotzdem schien er pikiert. Zum Glück war schönes Wetter, nur die Straße ein bisschen matschig. Ich nahm seine Reisetasche, wollte sie aufs Fahrrad setzen, doch das erlaubte er nicht.

"Meine Sachen trage ich selbst."

Der Zug fuhr ab, die Bahnschranke hob sich und wir machten uns auf den Weg. Eine Schar Gänse lief schnatternd hinter uns her.

Sich an der Schaubühne zu bewerben war der Beginn eines demütigenden Rituals. Den anderen Theatern schickte man Fotos und Lebenslauf ein, gesäumt von diskreter Selbstanpreisung, und bekam, wenn es einem nicht gelang, Aufmerksamkeit zu erheischen, entweder keine Antwort oder die Fotos zurück ("Wir danken für Ihr Interesse ..."). Als Nobody warst du der letzte Dreck, man musste eben versuchen, an die großen Namen ranzukommen!

Vom Halleschen Ufer, damals eine Wallfahrtsadresse, erhielt man den Bescheid, man möge doch bitte begründen, warum man sich für die Schaubühne interessiere, und das Dümmste was du sagen konntest war, ich möchte mit Peter Stein arbeiten. War diese Klippe umschifft, wurdest du zu einem Gespräch nach Berlin gebeten, Fahrtkosten zahlte das Arbeitsamt, und hattest dort dem Bewerbungsausschuss Rede und Antwort zu stehen.

"Du schreibst uns hier", ermittelte Jutta, "wenn dich die Schaubühne nicht nimmt, willst du überhaupt nicht mehr Theater spielen, – ist das wahr?"

"Ja, ich möchte nur noch im Kollektiv arbeiten."

"Du weißt aber", mahnte Michel, "dass wir ein politisches Theater sind und marxistisch-leninistische Schulung machen?"

"Ja, deshalb habe ich mich beworben."

"Bist du Mitglied einer Partei?", prüfte Sabine. Ich tat, als hätte ich mich verschluckt, um Zeit zu gewinnen. "An welchen politischen Aktivitäten hast du teilgenommen an dem Theater, wo du bisher engagiert warst?"

"Ich habe den Betriebsrat beleidigt und ihn aufgefordert zurückzutreten. Ich habe versucht, eine Rote Zelle zu gründen. Ich habe eine Vorstellung von FAUST II platzen lassen, weil ich ein Zeichen setzen wollte."

Mehr gelogen habe ich nie.

Wir gingen durch eine blühende Landschaft. Schreiend gelbe Rapsfelder so weit das Auge reicht, Vogelgezwitscher, blauer Himmel. Die Leute, die uns entgegen kamen, grüßten respektvoll, fast ehrerbietig. Seitdem sie mich einmal im Fernsehen erkannt hatten, war ich hier der liebe Gott, und wenngleich mir das runterging wie Öl, verursachte es mir Sodbrennen. Wie konnte ich ihnen begreiflich machen, dass ich ein simples, gewöhnliches Leben führen wollte, *ihr* Leben. Stattdessen wurde ich, Nebendarsteller im Vorabend-Programm, angeglotzt wie das achte Weltwunder.

"Aber ich wusste ja gar nicht", sagte Schorsch, "dass du auch ihm, dem Meister, vorgesprochen hast. Wie war er denn so?"

"Er hat mich in den Arsch gefickt, seelisch."

"Du meinst, er hat dich gedemütigt?"

"Wahrscheinlich merkte er, dass ich darauf aus war, von ihm engagiert zu werden, und ich mache mir heute noch mein kriecherisches Verhalten zum Vorwurf, meine Willfährigkeit, meine Liebedienerei. Mir wird ganz schlecht, wenn ich daran denke."

"O Gott, das kenne ich. Grauenhaft."

"Etwas Ähnliches habe ich nur noch in Bremen erlebt. Ich war blöd genug, mich auf ein Massenvorsprechen einzulassen, und musste zwei Stunden warten. Endlich werde ich vom Assistenten auf die Bühne geführt, grell erleuchtet, und aus dem dunklen Zuschauerraum tönt eine nölige Stimme: Also bitte, fangen Sie an!

Ich spreche ein paar Sätze aus der Fee-Mab-Erzählung des Mercutio, die Stimme nölt: Och nein, nicht schon wieder! Haben Sie nichts anderes, was Modernes?

Mich dem Selbstwertgefühl einer Küchenschabe nähernd mache ich den Beckmann aus DRAUSSEN VOR DER TÜR, bis die Stimme dazwischennölt: Danke, das reicht! Der Assistent sagt leise zu mir: Entschuldigung, er ist heute nicht gut drauf, – Sie werden von uns hören!

Ich hörte natürlich nie etwas."

"Entsetzlich. Furchtbar. Diese Herren meinen immer, wir seien bloß Material in ihren Händen."

"Aber das Beste kommt noch. Voriges Jahr, ich hatte eine hübsche Rolle in einem international erfolgreichen Kinofilm gespielt, bekomme ich eine Postkarte, handschriftlich. GRATULIERE ZU IHRER ROLLE IN SCHLÖNDORFFS FILM/MÖCHTE GERN MIT IHNEN ARBEITEN/HERZLICH PETER ZADEK."

"Vielleicht hat dir jemand einen Streich gespielt."

"Nein, bestimmt nicht. Die hohen Herren pflücken ab, was woanders erfolgreich ist, und versuchen natürlich auch, sich gegenseitig die Beute wegzuschnappen."

"Gut für uns. Dann sind *wir* einmal die Stärkeren."

"Immer vorausgesetzt, nicht nur du, sondern auch das Umfeld ist erfolgreich. Was nützt es dir, wenn du in einem sauschlechten Film große Klasse bist."

"Und Peter Stein ...? Man hört ja, dass an seinem Theater die Hauptrollen durch Mehrheitsvotum besetzt werden, – stimmt das?"

"Den Quatsch hat er nur ein einziges Mal geduldet. Inzwischen hat er seinen Willen durchgesetzt."

"Ja, und? Was er zu *dir* gesagt hat, will ich wissen!"

"Nachdem ich mir also einen Wolf gespielt hatte und total fertig war, wirklich am Boden zerstört, meinte er: Es beginnt, mich zu interessieren.

Karajan hätte es nicht schnöder sagen können!"

Wir gingen links auf der Landstraße, um die entgegen kommenden Autos im Blick zu haben, dann bogen wir in einen Feldweg ein. Neben uns holperten ein paar Kälber über die Weide. Wir hatten die vier Kilometer zügig zurückgelegt, und Schorsch, dessen Reisetasche (wie konnte es anders sein) inzwischen auf meinem Fahrrad gelandet war, schien ein wenig erschöpft.

"Tritt ein", sagte ich. Wir standen an der Schwelle meines Hauses.

3

Schöne Helena

Klar, der beruflich Erfolgreichere von uns beiden ist Schorsch. Meine eigene Karriere verlief bis zu den Ereignissen, von denen hier die Rede ist, alles andere als geradlinig, und ich kann nicht behaupten, eine gute Schauspielerin zu sein. Aber ich sehe gut aus, deshalb habe ich einen gut aussehenden Mann geheiratet. Ich wusste auf Anhieb, das ist der Richtige, und wir sind ein augenfälliges Paar, bis heute, obwohl ich ihn in Verdacht habe, dass er schon damals ein bisschen im Ensemble herumgeschwult hat. Jedenfalls wohnte er, bevor er zu mir zog, mit einem Kollegen zusammen, der in späteren Jahren als bekennender Perverser Furore machte. Ich habe ihn sozusagen abgeworben.

Bevor ich zur Schauspielerei kam, habe ich eine Ballettausbildung gemacht und durfte bei Yvonne Georgi in Hannover kleine Rollen tanzen. DAS EINHORN, DER DRACHE UND DER TIGERMANN war mein erstes Stück, wir gastierten in Rom, in Monte Carlo. Die große Welt eröffnete sich mir. Ich wurde dem Komponisten Menotti vorgestellt, machte vor Fürstin Gracia einen Knicks, – ja, und das war's dann auch schon! Ein Meniscus-Schaden verkürzte meine ohnehin begrenzte Berufsperspektive als Tänzerin auf ein Minimum. Kurz entschlossen sattelte ich um. Es sollte nicht das letzte Mal gewesen sein.

"Beiß die Zähne zusammen!", sagte mein Vater, der Opernsänger. "Die warten doch nur darauf, dass es dir schlecht geht."

"Heul nicht, arbeite!", sagte meine Mutter, die Kostüm-schneiderin. "Wir vom Theater sind doch alle eine Familie."

Ich spielte nun die jugendlichen Salondamen, die Blaustrümpfe, die erotischen Abenteurerinnen, alles mit halber Kraft, denn meine Liebe gehörte weiterhin dem Tanz. Unbestreitbar war das hannoversche Ballett jener Jahre von überragender Bedeutung, ebenso die Ballhofbühne, die von Kurt Ehrhardt geleitet wurde. Ich aber war an der Landes-bühne gestrandet, einem Abstecherbetrieb, der im Sommer auch das Gartentheater in Herrenhausen bespielen musste. Abgetakelte Filmschauspieler wurden hier als Zugnummer eingesetzt, und Regisseur Dietmar Dorsch gab seine ersten, minutiös kopierten Benno-Besson-Aufführungen als eigene Regiearbeiten aus. Unvergesslich dagegen, ich muss es einfach sagen, die wunderbar flirrenden Inszenierungen von Hans Bauer im Ballhof: UNDINE, DONNA ROSITA BLEIBT LEDIG, KÖNIG HIRSCH, UM LUCRETIA. Er galt als Spezialist für das Poetische, wer kennt seinen Namen heute noch? Dietmar Dorsch (Name von der Redaktion geändert) ist erfolgreicher Boutiquenbesitzer in München geworden, diesseits und jenseits der Maximilian-straße.

Nach fünf Jahren hatte ich die Nase voll. Ich versuchte, mich als Tanzpädagogin selbständig zu machen, mit einem privaten Studio, und ging pleite. In meinem wackeligen VW fuhr ich, so oft es ging, zu Premieren in anderen Städten und lernte bei dieser Gelegenheit den Intendanten von D. kennen. Er versuchte erfolglos, mit mir ein Verhältnis anzufangen, hatte aber die Seelengröße, mir trotzdem einen

Dreijahresvertrag zu geben. Ich durfte sofort anfangen, mitten in der Spielzeit. Meine erste Rolle war die Helena.

"Kommen Sie nur, setzen Sie sich zu uns!" waren die ersten Worte, die Schorsch zu mir sagte, als ich eines Morgens linkisch und verlegen die Kantine betrat. Die Proben hatten schon vor Wochen begonnen, und ich traf auf ein Ensemble, das sich seit Jahren kannte.

"Nach Ihrem Aussehen zu urteilen sind Sie wahrscheinlich die Ersatz-Helena", sagte eine Kollegin und drückte mir strahlend die Hand, "aber seien Sie auf der Hut, Schätzchen! Ihre Vorgängerin ist gefeuert worden. Müller-Zeitgeist kann schöne Frauen nicht leiden."

Ich war endgültig in der Provinz angelangt.

Es traf mich ziemlich hart, das muss ich schon sagen, als mir Schorsch nach jenem Wochenende, das er mit Hubert verbracht hatte, offenbarte, er werde zu ihm aufs Land ziehen und außerdem seinen Vertrag am Thalia kündigen.

"Nun gut, wenn du meinst", sagte ich beiläufig, aber mit würgendem Gefühl im Hals. "Soll das heißen, du lässt mich hier sitzen?" Ich wusste, ich durfte jetzt nicht weiter fragen, so war es vereinbart zwischen uns. Jeder sollte jederzeit gehen können, wohin er wollte ... Und das haben wir bis heute so gehalten, mit Erfolg. Ehestreitigkeiten gab es bei uns kaum. Aber nun dieses war natürlich Alarmstufe Eins, immerhin hatten wir eben erst die teure Wohnung gemietet.

"Mach dir keine Sorgen", sagte er. "Alles bleibt, wie es ist. Ich werde nur noch frei arbeiten. Das Thalia geht mir schon lange auf den Nerv."

Eine glatte Lüge. Er hatte immer betont, wie dankbar er Boy Gobert sei, dass der ihn aus D. weggeholt habe, und überhaupt, Schorsch konnte sich über mangelnde Wertschätzung nicht beklagen. Er war ein geschmeidiger, eleganter Schauspieler, besonders wenn er Komödien spielte, und das überwiegend konservative Hamburger Publikum fraß ihm aus der Hand. Waren andere Qualitäten gefragt, zum Beispiel Verletzlichkeit, Schlichtheit und Understatement, schnitt er weniger gut ab ... Aber dies alles stand jetzt nicht zur Debatte. Ich kannte ihn lange genug, um zu wissen, dass es ihm ernst war.

"Wie war dein Casting?", fragte er. Ich hielt den Daumen nach unten, stumm. Mehr brauchte ich nicht zu sagen. Schorsch, ganz mitfühlender Ehemann, schenkte mir einen Drink ein.

"Am liebsten möchte ich überhaupt nicht mehr Theater spielen. Es ist so anstrengend, immer der nächsten Rolle nachzujagen." Ein Thema, das wir schon x-mal durchgekaut hatten. Ich kam mir vor wie eine Gebetsmühle.

"Man muss halt warten können, bis die Richtige kommt", meinte er.

"Und in der Zwischenzeit?"

"Von dem leben, was man hat. Prost!"

"Doch wenn sie dann endlich kommt", sagte ich, "die absolute Traumrolle, vermasselt sie dir solch ein Arschloch von Regisseur."

"Du redest genau wie Hubert. Ich dachte, ihr mögt euch nicht."

"Willst du am Wochenende den Wagen haben? Ich meine nur, damit du nicht wieder mit der Bahn fahren musst ..."

"Du bist eine wundervolle Frau", sagte er, "*meine* Frau."
Wir küssten uns. Mehr wurde an diesem Abend nicht
daraus.

Damals begann jene Zeit, in der ich mitunter nachts
aufstand, um mein Geld zu zählen. Auch hatte ich das
Rauchen wieder angefangen. Mich überkam eine fürchter-
liche Angst, von Schorsch verlassen zu werden, aber
pünktlich und genau kam er seinen Verpflichtungen nach.
Wir kündigten die teure Wohnung nicht, die Miete wurde
von seinem Konto abgebucht. Er nutzte jedes spielfreie
Wochenende, um an die Ostsee zu fahren. Manchmal, wenn
er keine Proben hatte, auch für mehrere Tage. Weil die
Spielzeit schon zu weit fortgeschritten war, wollte der
Intendant seine Kündigung nicht akzeptieren, erklärte sich
dann aber doch bereit unter der Bedingung, dass Schorsch
alle Stücke, in denen er beschäftigt war und die in die neue
Saison übernommen werden sollten, zu Ende spielte. Und
das waren viele.

Das Problem war, Schorsch gehörte zu Goberts Lieblin-
gen, dieser empfand seine Kündigung als persönlichen
Verrat und ließ ihn fallen. Er wurde nicht mehr gegrüßt, fast
vom gesamten Leitungsteam, und eine Kampagne gegen ihn
setzte ein, die man heute Mobbing nennen würde, aber den
Begriff kannten wir damals noch nicht. Warum tat Schorsch
sich das an?

Eine schmutzige, verrauchte Kneipe im Stadtteil St.
Georg diente uns in jenen Jahren als Treffpunkt und
Gerüchtebörse. Nach Schluss der Vorstellung traf sich hier
alles, was mitreden und dazugehören wollte, also auch ich.

Premieren wurden gefeiert, die künstlerische Leistung von Kollegen hochgejubelt oder, je nach Affekt/Affinität, niedergemacht und in den Boden gestampft. Gelegentlich wurden auch so unschöne Dinge diskutiert wie die Flugzeugentführung nach Mogadischu, der kollektive Selbstmord der RAF-Terroristen in Stammheim, aber das war die Ausnahme. Meistens drehte sich alles nur ums Theater. Wenn Schorsch den Laden betrat, gab's ein großes Hallo, Küsschen hier, Küsschen da. Wenn ich allein auftauchte, was bald leider immer häufiger vorkam, wurde mein Erscheinen mit freundlichem Kopfnicken quittiert, mehr aber auch nicht. Ich war eben eine Externe.

"Machen Sie sich nichts draus", sagte der milde, mitfühlende Ivan Nagel, damals noch Chef des Schauspielhauses, "keine Berufsgruppe hat einen so ausgeprägten Herdentrieb wie die Schauspieler."

Eines Abends, ich hatte Schorsch seit Tagen nicht gesehen, komme ich herein und will mir gerade eine Zigarette anstecken, als mein Blick auf ein Theaterplakat fällt. Billiges Papier, schlechtes Layout. THEATER IM BAUERNHAUS SPIELT KAFKA BERICHT FÜR EINE AKADEMIE, irgend so ein überflüssiges Projekt einer freien Gruppe. Als ich weiterlas, hätte ich beinah meine Zigarette verschluckt ... Nein, ich glaubte es nicht! Dort stand Schorschs Name, ALS GAST VOM THALIA-THEATER HAMBURG, und Hubert war als Regisseur genannt.

Schamrot riss ich den Fetzen von der Wand, steckte ihn ein. Hoffentlich hatte mich niemand beobachtet, ich verließ fluchtartig das Lokal. Hubert, das kleine Arschloch, wollte also ein größeres werden, und Schorsch hatte endlich seine Traumrolle gefunden, den Affen. Aber was sollte aus *mir* werden? Ich musste mich jetzt dringend darum kümmern ...

4

Zadeks OTHELLO

Nachdem ich es ihr gesagt hatte, herrschte erst einmal Stille zwischen uns. Einen Moment lang sah es so aus, als wollte sie offen rebellieren, aber sie war sich wohl klar darüber, dass dies das Ende unserer Beziehung bedeuten konnte. Doch gottlob, sie verlor die Fassung nicht, nur ihre Stimme bebte, als sie betont gleichgültig hinwarf: "Mach was du willst, aber mach dich nicht zum Narren!" Wir hatten ganz klare Abmachungen, Ellen und ich, es gab überhaupt keinen Grund, sich verletzt oder beleidigt zu fühlen. Wir waren zwar verheiratet, aber niemals angetreten, eine bürgerliche Ehe zu führen, mithin war es auch nicht nötig, ihre Regeln außer Kraft zu setzen. Wenn aber der Ernstfall eintritt, o weh, ist es eben doch etwas Anderes ... Sie spielte dann ein bisschen die Generöse, als sie anbot, mir am Wochenende den Wagen zu lassen, und ich nannte sie eine wundervolle Frau. Man neigt in solchen Augenblicken dazu, sich gegenseitig an Großmut zu überbieten. Das bringt einen falschen Ton in die Sache, leider.

Wir kamen überein, ich zahle weiterhin Miete für unser möbliertes Apartment am Eppendorfer Baum, ebenso die laufenden Kosten für Telefon, TV, Strom und Versicherungen. Schließlich war ich es, der das Geld verdiente, – noch! Damit würde bald Schluss sein, wenn ich am Thalia gekündigt hätte, und was sollte dann aus Ellen werden? Ihre Berufsaussichten waren schlecht, ihr Einkommen gering und Rücklagen hatte sie keine. Ihr letztes Casting war wieder einmal in die Hose gegangen, weil ihr die angebotene Rolle zu blöd – immerhin die Janet in THE ROCKY HORROR SHOW, eben jene, die im Film Susan Sarandon gespielt hatte –, die Freie Theatergruppe zu popelig und der Regisseur ja doch nur mit ihr ins Bett wollte. Ellen war, man verzeihe mir den Ausdruck, ein schlappes Huhn und zu allem Unglück auch noch wählerisch. Ich hielt es für alle Beteiligten für das Beste, wenn sie vom Theater abginge und sich einen bürgerlichen Beruf suchte. Aber sie konnte es nicht lassen, auf ihre Traumrolle zu warten.

"Es geht mir nicht gut", hauchte sie, sich an mich kuschelnd. Natürlich, sie wollte mein schlechtes Gewissen ausnutzen. "Im Schauspielhaus hat OTHELLO Premiere, – bitte besorg uns Karten, ja? Elli braucht 'ne kleine Aufmische ..." Ich hasste es, wenn sie von sich selber in der Diminutivform sprach.

Ohne viel Gedöns, ich hängte mich also ans Telefon, um irgendjemandem, der noch nicht das Gras hatte wachsen hören, *wie* wichtig und bedeutend gerade diese Premiere werden sollte, zwei Karten aus den Rippen zu leiern. Es klappte. Zadek, der schlaue Fuchs, hatte während der Endproben sämtliche Türen des Zuschauerraums verriegeln lassen, um Spione abzuwehren, nachdem er monatelang in einem Fernsehstudio am Stadtrand von Hamburg geprobt hatte. Es hatte Umbesetzungen gegeben, Rauswürfe, Kräche, – das Übliche! Aber warum die Geheimnistuerei? Nach dem Shakespeare vor zwei Jahren in Bochum war eigentlich klar, dass es bald eine Fortsetzung, eine weitere

Folge der Serie "Konzeption: Muntere Spielschar" geben würde. Die Inszenierung entwickelt aus den Improvisationen hingabeseliger Darsteller, die Kostüme wie auf dem Trödel zusammengeklaubt und ein Bühnenbild, dessen Kunstwert gegen Null tendierte. Was gab es da zu spionieren? Wurde eine neue Wunderwaffe ausprobiert?

Die Premiere begann um 22 Uhr und dauerte bis ein Uhr morgens. Man spielte ohne Pause durch, um den Leuten keine Möglichkeit zu geben, sich dünne zu machen. Die ganze Zeit blieb der Saal hell erleuchtet, und wer gehen wollte, musste schon den Mut haben, die Blicke aller auf sich zu ziehen. Zadeks Wunderwaffe hieß Ulrich Wildgruber, ein Schauspieler, dessen sprachmotorische Behinderung hier zum Ereignis, zum Skandal wurde. Er nuschelte, blubberte, grunzte und schnaubte was das Zeug hielt, dabei tapfer gegen sein Handicap ankämpfend, aber das Publikum verhöhnte ihn gnadenlos. Niemals vorher und niemals nachher habe ich einen Schauspieler so kämpfen sehen. Großartig, genial! Er war das Schlachtopfer dieses auf Provokation angelegten Abends und verhalf ihm (und seinem Regisseur) zum Erfolg.

Ellen war natürlich anderer Meinung, und wir hatten des Nachts noch einen heftigen Streit. Was mich betrifft, schien mir alles, was ich bisher gemacht hatte, wie Trallala mit Sahnehäubchen. Ich erkannte: Theater ist Opfer, man muss sich selbst als Opfer darbringen, und diese Einsicht verdankte ich Wildgruber. Hätte nicht außerdem Hubert mir die Augen geöffnet, ich wäre wohl noch heute ein braver Stadttheaterschauspieler.

In den nächsten Tagen reichte ich die Kündigung ein.

"O Mann, bist du denn bescheuert", stöhnte er, als ich ihn morgens im Supermarkt anrief. Hubert hatte noch immer kein eigenes Telefon. "Es hätte völlig gereicht, am letzten Spieltag die Kündigung beim Pförtner abzugeben – gegen Empfangsbestätigung natürlich! – und nach dem Urlaub sich krankschreiben zu lassen."

"So etwas mache ich nicht."

"Und? Was hat Gobert gesagt?"

"Dass er meine Karriere mit aufgebaut hätte, und ich würde ihn jetzt im Stich lassen."

"Ach, was! Diese Karriere hättest du genau so gut woanders machen können. Talent setzt sich überall durch."

"Schon mal was von Dankbarkeit gehört?"

"Es gibt keine Dankbarkeit in solchen Dingen." Durchs Telefon meinte ich, seine wegwerfende Geste zu hören. "Und wenn, Schorsch, hat er *dir* dankbar zu sein, dass er dich ausbeuten durfte!"

"Sag bitte nicht Schorsch zu mir, ich heiße Georg."

"Georgette", alberte er, "darf ich Georgette zu dir sagen?"

"Wenn du unverschämt wirst, Freundchen, sehen wir uns nicht wieder", sagte ich ruhig. "Und eins lass dir gesagt sein: Was am Wochenende passiert ist, war die absolute Ausnahme. Ich will das nicht."

"War es denn nicht schön?", seufzte er, gespielt ernsthaft. Im Hintergrund klapperten die Einkaufswagen.

"Halt die Schnauze!"

"Ich muss jetzt Schluss machen, neun Uhr durch. Die ersten Kunden kommen."

Was er eigentlich in dem Supermarkt treibe, fragte ich ihn noch. Er helfe, die Waren einsortieren, was sonst? Er brauche jeden Pfennig, um seine Schulden abzuzahlen ... Natürlich dürfe das im Dorf keiner wissen!

Nächstes Wochenende hatte ich Doppelvorstellung: SWEET CHARITY, ein dümmliches Musical, ranschmeißerisch inszeniert, mit auftrumpfender Hauptdarstellerin. Einziger Vorteil: Ich war vor der Pause fertig. Es reichte aber nicht, leider, um an die Ostsee zu fahren. Auch übernächstes nicht, jedoch am hierauf folgenden Wochenende war's dann soweit: keine Vorstellung, keine Probe. Den Regisseur der letzten Produktion, in der ich mitwirken sollte, hatte ich belatschert, mir probenfrei zu geben, und wäre nicht mein Intendant auf die Idee gekommen, mich zum Abendessen einzuladen (letzter Versuch, mich umzustimmen), ich hätte schon Freitagnachmittag losfahren können. Ellen stand zu ihrem Angebot und lieh mir das Auto. Bepackt mit mehreren Dutzend Glühbirnen, diversen Lackfarben und Werkzeugen, die einzukaufen Hubert mich gebeten hatte, fuhr ich also erst am Samstagmorgen. Einen Urlaubsschein ausfüllen, wie es eigentlich Vorschrift ist, hielt ich nicht für nötig. Ich wollte ja am nächsten Tag zurück sein.

Herrliches Maiwetter erwartete mich, die Autobahn war mäßig voll, und kurz nach zehn war ich schon auf der Höhe von Neumünster. Je mehr die Umgebung einen ländlichen Charakter annahm, desto beschwingter meine Stimmung. Ich atmete tief durch. Es gab also doch ein anderes Leben als die luxuriöse Knechtschaft des Stadttheaters, und Hubert hatte schon Recht, wenn er mir Erfolgsverwöhntheit vorwarf. Aber das sollte nun anders werden. Wir hatten überlegt, ob wir nicht vielleicht zusammen ein eigenes Theater gründen. Kein ästhetisch ausgebufftes natürlich, aber auch kein Komödienstadel. Es sollte ein Theater sein, das sich an den Bedürfnissen der Menschen orientiert, nicht an der Hitparade in THEATER HEUTE, einem sowieso nur von Insidern gelesenen Fachblatt.

Mit derlei Spöken im Kopf hatte ich die richtige Autobahnabfahrt verpasst. Ich fuhr einen kleinen Umweg, vorbei an so hübschen Ortsnamen wie Sieseby, Grödersby, Schnarup-Thumby, bis ich endlich das Dorf M. erreichte, den schmalen Feldweg wiederfand, matschig und aufgeweicht diesmal, und die grasenden Kühe erschreckte, die aber nicht holpernd sich davonmachten, sondern nur blöde glotzten. Kühe eben. Im Lauf der Zeit wurde ich gut Freund mit ihnen.

"Hast du die Glühbirnen mitgebracht?", begrüßte mich Hubert und öffnete sogleich den Kofferraum. Linkisch versuchte ich eine Umarmung.

"Lass das!", zischte er, sich verstohlen umschauend. "Ich will hier bei den Leuten nicht ins Gerede kommen. Jedenfalls nicht in *der* Hinsicht, klar?"

Wir trugen ins Haus, was ich an Material und Verpflegung eingepackt hatte. Innen roch es ein wenig dumpf, trotz der warmen Jahreszeit. Hubert hatte sämtliche Fenster in dem niedrigen, langgestreckten Wohnzimmer, durch das man hindurch musste, um in die Küche zu kommen, weit aufgesperrt und auch die Haustür, wie auf dem Lande üblich, nicht zugemacht.

"Das kommt davon", meinte er, "weil diese Art Häuser

nicht unterkellert sind. Es feuchtet in den Wänden, deshalb muss viel gelüftet werden. Aber du wirst sehen, im Sommer ist es angenehm kühl unterm Reetdach."

Von der Diele, die mit Klinkern ausgelegt war, gelangte man rechts ins Badezimmer, sehr komfortabel, und links durch das Gästezimmer, einen einfachen, anspruchslosen Raum, in den ehemaligen Kuhstall: etwa acht mal zwölf Meter Grundfläche, aber wesentlich höher als die anderen Räume. Dort hatten die Vorbesitzer Öltank und -heizung einbauen lassen, was Hubert gar nicht gefiel, denn hier, in diesem schönen weißgetünchten Saal mit Deckenbalken wollte er sein Theater installieren, das THEATER IM BAUERNHAUS. Es sollte das kleinste Theater der Republik werden (49 Plätze), aber nicht Kleinkunst bieten, sondern großes Theater mit kleinen Mitteln. Vorläufig war es noch eine Baustelle.

"Keine Angst, das wird alles rechtzeitig fertig. Der Boden hat noch Löcher, muss neu zementiert werden. Für die Bestuhlung habe ich wunderschöne rote Kinosessel ersteigert. Nostalgisch."

"Ich habe keine Angst, Hubert. Du schaffst das schon!", sagte ich lachend und hatte den Impuls, ihm auf die Schulter zu klopfen, ließ es aber. Er trat einen Schritt zurück und fixierte mich böse.

"Warum so distanziert, Herr Staatsschauspieler? Ich rechne natürlich fest mit dir. Du machst die Eröffnung."

"Aha, das wusste ich gar nicht", sagte ich spitz.

"Aber wir haben darüber gesprochen ... ", beharrte er.

Gut, ich musste zugeben, wir hatten am Telefon mal

darüber gesprochen, dass ich vielleicht den Affen machen könnte, von Kafka. Eine Rolle, die ich früher schon gespielt hatte. Für Hubert war das verbindlich gewesen, und er hatte auch bereits ein Plakat entworfen, o Gott, auf dem er mich als Gast vom Thalia-Theater Hamburg ankündigte. Die genauen Termine könne man ja später drüberkleben, sobald er die Daten vom Schleswig-Holstein-Musikfestival habe. "Versteh doch, – die Zeit drängt! Ich hoffe auf den Mitnahmeeffekt."

Ein Gemisch aus Begeisterung und Wut über sein rücksichtsloses Vorgehen befiel mich, und ich musste an Ellen denken, die mich gewarnt hatte. War ich im Begriff, einem spätpubertären Hallodri und Gernegroß auf den Leim zu kriechen? Hinter dem Haus, von der Straße her deutlich zu sehen, erhob sich ein Fahnenmast mit bunten kleinen Wimpeln, obenauf eine zünftige Wetterfahne.

"Und das", jubelte er, "wird unser Markenzeichen: die Meerjungfrau!"

5

Ein hartes Stück Arbeit

Das Unfassbare geschah, ich kann es heute noch kaum glauben: Die Schaubühne engagierte mich, das kleine Arschloch aus der Provinz. Deutschlands renommiertestes Theater nahm mich in seinen Briefkopf auf, in dem die Namen aller Mitarbeiter, auch der Putzfrauen, genannt wurden. Es hatte sich also gelohnt, mich ein bisschen demütigen zu lassen (na, wenn schon) und das Blaue vom Himmel herunter zu lügen: In der allgemeinen Worthurerei jener Tage fiel das gar nicht auf. Obwohl ich nur einen Probevertrag erhielt, war jetzt mit meinem Namen ein Gütesiegel verbunden. Ich bekam einen Marktwert.

Für die, die es nicht wissen, muss gesagt werden, dass die Berliner Schaubühne sich 1970 neu formiert hatte und unter Leitung der Regisseure Stein und Peymann am Halleschen Ufer ein Mitbestimmungsmodell praktizierte, wie es bis anhin einzigartig war. Es wurde zum linken Fetisch dafür, dass Kunst, die Herstellung von Kunst demokratisierbar ist, und war doch nur ein Kind des Zeitgeistes, ein Etikettenschwindel. Denn natürlich wurde Regietheater gemacht, die Spielvögte hatten das Sagen, die Bühnenbildner, die Ausstatter. Einige kleinere Produktionen, die kollektiv erarbeitet wurden, hatten Alibifunktion. Es herrschte eine Diktatur des Geschmacks, eine Hegemonie des Formalen, absolut nicht diskutierbar, und ich wurde den Verdacht nicht los, hier dreht sich alles nur um einen: Peter

Stein. Er machte die Vorgaben, sie waren zu erfüllen, – und wurde er nicht prompt bedient, der Meister, drohte er mit Abgang! Tatsächlich bewarb er sich noch im ersten Jahr, Peymann hatte inzwischen das Weite gesucht, als Nachfolger von August Everding an den Münchner Kammerspielen. Leider umsonst.

Ich lernte nun, was Mitbestimmung heißt, und versuchte an das, was ich bisher nur vorgetäuscht hatte, zu glauben: mein politisches Engagement. Eifrig las ich und beflissen die GESCHICHTE DER KPDSU (B), drängelte mich zur marxistisch-leninistischen Schulung, immer montags vom Genossen Schwiedrzik durchgeführt, Vegetarier und Apologet der Roten Khmer, der zusammen mit dem Leiter des Arbeiter- und Lehrlingstheaters, dem Schweizer Altkommunisten Franz Rueb, zu meinem schlimmsten Quälgeist wurde. Aber nicht nur politisch wurde ich hart rangenommen, auch das Körpertraining war anstrengend. Für meine Sprecherziehung sorgte Gerd Kaminski, eine gertenschlanke Tunte aus Worpswede, die eigentlich Meyerdierks hieß. O Mann, wenn ich daran denke, was ich alles mitgemacht habe! Ich hetzte von der Probe zur Vollversammlung, wo ich Platz und Stimme erhielt neben so berühmten Schauspielern wie Jutta Lampe, Edith Clever und Bruno Ganz, von dort ins Shakespeare-Seminar, geleitet von Dieter Sturm, Lama und Hohepriester der Schaubühne, und danach entweder zur Abendprobe oder nach Hause, um Text zu lernen. Ich gab mein Bestes, aber es war nicht genug.

"Wir brauchen eben Leute, die sich einlassen", sagte Stein, als meine Vertragsverlängerung zur Debatte stand. "Wer die Hosen nicht runterlässt, kommt auch nicht zum

Koitus."

"Warum hast du dich nicht gewehrt", rief Schorsch, klatschte eine Kelle Mörtel an die Wand und verspachtelte sie. Wir standen im Kuhstall, ich besserte Löcher im Fußboden aus. "Es kann doch nicht angehen, dass der Typ sich benehmen darf wie 'ne gesengte Sau!"

"Er wollte mich halt raushaben, aber es ist ihm nicht gelungen. Nach unserer ersten Arbeit, es war die OPTIMISTISCHE TRAGÖDIE, wurde in der Vollversammlung abgestimmt, ob mein Probevertrag in einen Jahresvertrag umgewandelt werden soll. Die Kollegen waren dafür, Peter Stein dagegen."

"Und das hast du ausgehalten? Da wäre ich lieber freiwillig gegangen."

"Es waren natürlich keine künstlerischen Gründe. Er schätzte mich als Schauspieler (was zuzugeben er nicht umhinkonnte). Nein, ich würde politisch nicht ins Ensemble passen, ich sei subjektivistisch. Wörtlich meinte er, wenn ich gegen den Bolschewismus sei, hätte ich an der Schaubühne nichts verloren."

"Lass ihn. Stein distanziert sich heute von dieser Zeit."

"Schade nur, dass die Köpfe, die damals gerollt sind, nicht wieder aufgesetzt werden können."

"Du lebst ja noch", lachte Schorsch, sich den Schweiß abwischend. "Komm, machen wir eine Pause ..." Er ging hinaus in den Garten, trank Tee aus der Thermoskanne. Ich hockte mich neben ihn ins Gras. Das dritte oder vierte Wochenende waren wir nun am Verputzen, Ausbessern und Herumbasteln, unsere Arbeit war ziemlich anstrengend. Er hielt sich sehr tapfer, muss ich sagen.

Das THEATER IM BAUERNHAUS nahm Gestalt an. Die Zeit drängte allmählich, wenn wir bis Juli fertig sein wollten. Ein Handwerker aus dem Dorf hatte uns Öltank und -heizung versetzt, um Platz zu bekommen für mehr Sitzreihen. Die kirschroten Kinosessel standen bereit. Als Bühne sollte ein variables Holzpodest genügen, etwa fünfzig Zentimeter hoch, sechs Meter breit und vier Meter tief. Kein Vorhang, keine Scheinwerfer. Nur die Glühbirnen, kreisförmig überm Podest angebracht, sollten Atmosphäre schaffen.

"Und du meinst, das reicht?", fragte er belustigt. Von der Ernsthaftigkeit meiner Absichten, so schien es, war er noch immer nicht überzeugt.

"Das reicht vollkommen", machte ich ihm klar, "wenn du gut bist!"

"Wenn ich gut bin ...", wiederholte er luschig und blinzelte gegen die Sonne, als ob er niesen müsste, aber es kam nichts.

"Okay, ich gebe dir zur Unterstützung alles, was du brauchst. Wenn du sagst, du willst einen zusätzlichen Spot, einen Verfolger haben, gebe ich ihn dir. Wenn du meinst, dass wir einen Vorhang brauchen, sollst du ihn haben." Jetzt kam sie doch noch, die Entladung. Schorsch nieste wie ein Walross, bekleckerte sich mit Tee. "Gesundheit!" Ich möchte bloß wissen, wie jemand, der seine natürlichen Regungen jahrelang unterdrückt hat, einen Affen darstellen will.

Wir besprachen, was ferner zu tun sei. Die Löcher im Fußboden machten mir Sorgen, weil ich den Zement falsch angemischt hatte, aber um das zu kaschieren (und auch zur Steigerung des Raumgefühls) hatte ich billige Auslegware organisiert, die nächste Woche verlegt werden sollte. Dann konnte man beginnen, die Kinosessel zu montieren, die jetzt noch im Freien lagerten, nur mit einer Plastikplane bedeckt. Das Bühnenpodest war eine Leihgabe des Flensburger Theaters und musste dort abgeholt werden, ebenso ein ausrangierter Scheinwerfer (für den Fall, dass wir ihn brauchten). Es durfte auch nicht versäumt werden, den Feldweg in Stand zu setzen, genügend Parkplätze zu schaffen und die Genehmigung der Feuerwehr einzuholen, aber das war das Geringste. Hauptsache, die Plakate wurden rechtzeitig fertig und konnten geklebt werden! Ich hatte mich mit Schorsch auf einen Premierentermin geeinigt, den dreißigsten Juli, vier Wochen nach seiner letzten Vorstellung im Thalia-Theater. Dieser Termin stand nun verbindlich auf dem Plakat, dazu eine Telefonnummer, unter der Karten bestellt werden konnten. Installiert war es allerdings noch nicht, unser Telefon, weil im Haus kein Anschluss vorhanden war und die Zuleitung über Masten geführt werden musste. Das sollte in den nächsten Tagen geschehen.

Wir hatten also genügend Zeit für die Proben. Mir kam zugute, dass ich damals in Berlin die Uraufführung von BERICHT FÜR EINE AKADEMIE gesehen hatte (mit Klaus Kammer, eine phänomenale Leistung), und ich wollte es auf keinen Fall genauso machen. Mir schwebte etwas vor von einem australischen Ureinwohner, in ritueller Kriegsbemalung und nur mit Lendenschurz bekleidet, darunter einen kolossalen Penis, – genauer konnte ich's noch nicht sagen! Es war schließlich mein erster Regieversuch.

"Theater muss schwitzen und dampfen, weißt du. Deshalb drängt es mich in den Kuhstall."

Er akzeptierte das. Aber dann kam, womit ich nicht gerechnet hatte. Er wollte seine Elli dabeihaben.

"Vorwärts!", erklärte ich barsch. "Auf uns wartet noch ein hartes Stück Arbeit!" Ich ging wieder ins Haus, Schorsch folgte mir zögernd nach. Bis zum Abend wollten wir aus dem Gröbsten raus sein, denn er musste nach Hamburg zurück.

Freilich war die Sache damit nicht erledigt. Er würde immer wieder darauf zurückkommen, und ich war klug genug, nicht rundheraus abzulehnen. Doch wenn ich Ellen auf die Proben ließ, waren Krach und Scheitern vorprogrammiert. Sie ist eine halsstarrige, streitsüchtige Person, die keine Kompromisse kennt, wenn es um die Durchsetzung ihrer nahezu religiösen Ansichten über Kunst geht. Wo sie selbst aber diesen allerhöchsten Ansprüchen genügen soll, versagt sie.

Außerdem nervt es mich, dass sie bei jeder Gelegenheit darauf hinweist, was für ein tapferes kleines Frauchen sie ist. Balletthupfdohle mit halbfertiger Schauspielausbildung, die nach ein paar Unterrichtsstunden schon als Gräfin Orsina einspringen durfte, in Hannover. "Ihr glaubt ja gar nicht, wie aufgeregt ich war!" – Was sie nicht weiß: Ich habe sie in der Rolle *gesehen*. Sie bewegte sich wie ein Unterseeboot, die Hände abgespreizt, als müsse sie ihre frisch lackierten Fingernägel trocknen ...

Kurz bevor Schorsch ins Auto steigen wollte, trafen die Plakate ein – es war Sonntag gegen 18 Uhr –, und ich konnte ihn wenigstens mit diesem Beweis meiner Entschlossenheit auf den Weg schicken. "Hier, verteil das an alle wichtigen Kneipen und Szenetreffs!"

Jetzt wurde es ernst. Drücken konnte er sich nicht mehr.

6

Umweg über Helsinki

An jenem Tag geschah eine Katastrophe. Etwas das für jeden Schauspieler, der am Theater arbeitet, der größte anzunehmende Unfall ist: Schorsch verpasste eine Vorstellung. Wie ich hinterher erfuhr, war er zuerst in unsere Stammkneipe gefahren, hatte dort ein Plakat abgeliefert (das ich später wieder runterriss) und ein Bierchen getrunken. Zu Hause auf dem Anrufbeantworter waren schlechte Nachrichten: Der Spielplan war geändert worden, wegen Erkrankung eines Kollegen, und Schorsch hätte seit halbacht auf der Bühne stehen müssen. Natürlich, er hatte wie immer keinen Urlaubsschein ausgefüllt, und da er telefonisch nicht zu erreichen war, wäre das auch nutzlos gewesen. Er raste sofort ins Theater, aber es war zu spät. Der Abendregisseur hatte die Rolle für ihn gelesen, und als Schorsch beim Pförtner vorbeikam, fing gerade die Pause an.

"Wo warst du, wir haben dich überall gesucht", keifte der Inspizient, und Otto, der Abendregisseur, fügte drohend hinzu: "Du sollst dich morgen um zehn beim Chef melden!" Schorsch wusste, was das zu bedeuten hat, doch es war ihm egal. Da seine Rolle nach der Pause nicht mehr vorkommt, ging er wieder nach Hause. Ich erwartete ihn bereits, stocksauer, und wir hatten unseren ersten großen Ehekrach.

"Warum hast du kein Telegramm geschickt?", schnauzte er mich an.

"Ich bin eben erst nach Hause gekommen, entschuldige.

Wir haben uns tagelang nicht gesehen. Du erwartest wohl nicht, dass ich für dich hier die Stellung halte. Ich habe andere Sorgen."

"Nämlich welche?", zischte er. "Ich will dir mal was sagen: Wenn du dir nicht bald einen Job suchst, schmeiße ich dich raus."

Es war offensichtlich. Er war völlig mit den Nerven runter, und ich schenkte ihm, ganz mitfühlende Ehefrau, einen Drink ein. Seine Hand zitterte. Er griff nach dem Glas und knallte es auf den Couchtisch, wo es mit einem grässlichen Geräusch zersprang. Die Bloody Mary tropfte auf den Teppichboden (o Gott, was würde der Vermieter sagen). In der Stille, die dann zwischen uns eintrat, fing Schorsch an zu weinen.

Ich hatte es endgültig satt, generös zu sein. Als ich die Schweinerei aufgewischt hatte, dank jeder Menge Kleenex und vieler Tempotücher, setzte ich mich neben ihn, nahm seinen Kopf zwischen beide Hände und sagte sehr ruhig:

"Weißt du, wenn ich mir Mühe gebe, kann ich ja noch begreifen, dass du dich bumsen lässt. Aber musst du unbedingt für ihn den Affen machen?"

"Es hat nichts mit Hubert zu tun", kam es zurück.

Tief aufseufzend entzog er sich mir, schüttelte sein Haupt, mit theaterhaft wehenden Locken, und ich bemerkte Spuren von Kalk und Mörtel im Haar. Vielleicht war er mit Hubsi in den Zementmischer gefallen? Täuschte ich mich oder hatte er sich bereits angeeignet, was ich an Schwulen so hasste: den weichen Hüftschwung, das abgeknickte Handgelenk, den Griff ans Brustbein ... Kein Zweifel, Schorsch war auf bestem Wege, Vorsitzender im Klub der

Homophilen zu werden, und knapp zehn Wochen, nachdem ich mich hatte bereden lassen, mit Hubert zu telefonieren, ihn dort im Supermarkt anzurufen, war dies nun das Ergebnis: Nichts in meinem Leben ist mehr wie es war, und ich stehe dicht davor, Schorsch für immer zu verlieren.

"Wenn nicht wegen Hubert, warum heulst du also?"

"Ja, ja, ja!", schrie er plötzlich und tänzelte um mich herum wie ein Kickboxer. "Du warst von Anfang an dagegen, aber jetzt ist es zu spät. Ich kann nicht mehr zurück, verstehst du?"

"Entscheidungen kann man rückgängig machen, jedenfalls *solche*."

"Er ist ein schlaues Biest, er hat schon die Plakate drucken lassen. Premiere ist am dreißigsten Juli ..."

"Meinst du dieses bedruckte Klopapier? Das ist doch armselig, du versaust dir deinen Marktwert damit."

Nicht ohne Hohn hielt ich ihm den Plakatfetzen unter die Nase, doch ich hatte das falsche Stichwort gegeben. Er machte eine Kehrtwende um hundertachtzig Grad innerlich, und bald fürchtete ich ernsthaft, er könnte durchdrehen.

"Ich scheiße auf meinen Marktwert", donnerte er. "Was fällt dir ein, die Plakate abzureißen!"

Glatt gelogen. Er tat nämlich alles Andere als auf seinen Marktwert scheißen, und der eigentliche Grund, warum er heute schon nach Hamburg zurückgekehrt war, war der, dass er Montagmorgen eine Verabredung mit irgendeinem Fernsehfuzzi hatte, das wusste ich aus seinem Terminkalender. Schorsch war nicht der Typ, sich vorbehaltlos einer Sache hinzugeben, sich kein Hintertürchen offen zu halten.

"Wenn am Dreißigsten Premiere sein soll ...", stichelte

ich, "darf ich fragen, ob du deinen Text kannst?", und –
patsch! – hatte ich seine fünf Finger im Gesicht. Dies war
Neuland für uns, er hatte mich bisher noch nie geschlagen.
Ich steckte mir, nun selber leicht zittrig, eine Zigarette an.
Die Entschuldigung folgte auf dem Fuße: "Verzeih mir,
Liebling! Ich weiß nicht, was in mich gefahren ist!", aber
das interessierte mich nicht. Klein-Elli überlegte, wie sie
ihren Vorteil ausnutzen konnte.

Beleidigt wie Donna Anna (noch eine Rolle, in der ich
versagt hatte) schritt ich zur Stereoanlage und legte die
Callas auf. Volle zwanzig Minuten lang hörten wir
schweigend dieses Weltwunder einer Stimme, dann sagte
ich in meinem dunkelsten Timbre:

"Ich weiß wirklich nicht, wie ich dir helfen soll. Gegen
eine Frau hätte ich noch kämpfen können, aber gegen einen
Mann ...?"

Er hatte sich inzwischen beruhigt und redete sachlich.
Jawohl, er sei ein Fall für den Psychiater und vielleicht
dabei, eine riesengroße Dummheit zu machen. Aber ich
solle nicht denken, wer hundertprozentig hetero sei, hätte
keine Probleme. Er brauche jetzt meine Hilfe (o.k., das
wollte ich hören) und im Übrigen sei es gar keine schlechte
Idee, wenn ich ihn Text abfragen würde. Auch bat er mich,
morgen zu dem Termin mitzukommen.

Arbeit war für Schorsch die beste Therapie, und mich
machte es glücklich, ihm einen Dienst zu erweisen. Hauptsache, wir blieben zusammen, – diesen Hubert würde ich
ihm schon austreiben! Heute schäme ich mich dafür, aber
damals wusste ich es nicht anders. Den Rest des Abends
verbrachten wir damit, dass ich ihm Text abhörte: Kafka.

Die Konzentration auf ein großes Kunstwerk hatte uns noch immer über jede Krise hinweggeholfen.

Der Fernsehfuzzi war eine Frau, etwa dreißig, wie sich herausstellte: Lesbe, und sie fand es ganz toll, ihren potentiellen Hauptdarsteller bei FICK am Fischmarkt zu treffen, einer Kneipe für Frühaufsteher. Drehbuch gab es noch keins, aber Jungfilmerin Paulette erzählte die Story mit großer Inbrunst und viel Schmackes, allerdings mehr an mich gerichtet als an Schorsch, der nur verschlafen in seine Kaffeetasse blickte, und spätestens nach dem dritten Cognac wurde deutlich, wer hier eine Rolle kriegen würde und wer nicht. Ich stellte klar, dass wir ein Ehepaar sind: entweder beide oder keiner! Paulette akzeptierte das, bat sich Bedenkzeit aus und ließ nie wieder etwas von sich hören.
Es war dies meine erste Begegnung mit jener einfältigen Spezies, die ein "Jung-" vor ihre Berufsbezeichnung setzt, mit Prämien und Fördermitteln herumfuchtelt und sich zutraut, einen Film zu inszenieren ohne jede andere Erfahrung als ein paar Semester Filmfachhochschule, allenfalls noch eine Regieassistenz beim Fernsehen, und deren blinde Eitelkeit und dröhnende Egozentrik nicht davor zurückschreckt, sich selber in einem Atem zu nennen mit den berühmtesten Regisseuren des internationalen Kinos. Meistens reicht es dann nur für TATORT oder LINDEN-STRASSE.
Schorsch versuchte etwas halbherzig, mir Vorwürfe zu machen, ich sei mit Paulette sehr grob gewesen. Aber davon ganz zu schweigen, dass sie weder ihn noch mich jemals auf der Bühne gesehen hatte (Filmleute gehen bekanntlich nicht

ins Theater), kann ich es absolut nicht leiden, wenn man mich nur wegen meines guten Aussehens besetzen will. Ich habe andere Fähigkeiten, wenn auch begrenzte, und niemand soll mich behandeln wie eine Schaufensterpuppe.

"Schon gut. Elli hat sich danebenbenommen", sagte ich. "Komm, fahren wir jetzt zu Hansi Köck."

Es war noch früh am Morgen. Wir setzten uns auf die S-Bahn und fuhren nach Wandsbek ins Studio Hamburg. Hansi Köck, unsere Agentin, hatte dort ihr Büro. Sie war filmhistorisches Urgestein, hatte als junge Frau in dem Hans-Albers-Film WASSER FÜR CANITOGA assistiert. Jetzt eine listige alte Dame, war sie der Platzhirsch in der Zentralen Bühnen- und Filmvermittlung (ZBF), und wer im norddeutschen Raum etwas werden wollte, kam nicht an ihr vorbei.

"Wie geht es Ihnen, mein Lieber ", begrüßte sie Schorsch, mich mit einem flüchtigen Lächeln streifend. "Ich höre, Sie haben eine Vorstellung verpasst."

"Nein, die Vorstellung hat *mich* verpasst", grinste Schorsch und lümmelte sich in den Besuchersessel. Er meinte, hier kann er sich alles erlauben, man ist ihm gewogen ... Irrtum!

"Ach, ja? Ich glaube, ich muss Sie mal übers Knie legen." Hansi drohte mit dem Finger. "Warum haben Sie am Thalia gekündigt ...!?"

Sie war bestens informiert, nur das Allerschlimmste wusste sie noch nicht. Um Schorsch zu helfen, machte ich einen Entlastungsangriff.

"Er möchte wieder mehr frei arbeiten, wissen Sie, und am Theater nur noch als Gast ..." Sie ließ mich nicht ausreden, schlug die Hände über dem Kopf zusammen.

"Aber gute Rollen und Regisseure sind rar, darauf kann er nicht bauen. Es hat keinen Zweck, sich durch all diese fürchterlichen Vorabendserien hindurchzuquälen. Etwas anderes kann ich ihm im Moment nicht anbieten."

"Dann warte ich eben", erklärte Schorsch großspurig. "Wenn ich aber etwas mache, dann bitte mit Fassbinder, Schlöndorff oder Wim Wenders."

"Das geht hier nicht." Hansi zappelte auf ihrem Stuhl. "Dann müssen Sie nach München übersiedeln."

"Aber dort kennt mich keiner. Großer Gott, wie soll ich denn da ins Geschäft kommen?"

"Eben." Hansis Logik war zwingend. "Versuchen Sie halt, an einem Münchner Theater erfolgreich zu sein, – vielleicht wird es dann leichter!" Man sah es ihr an, wenn jemand die Tendenz hatte, sie zu verlassen, reagierte sie beleidigt. Die Temperatur im Raum wurde merklich kühler.

"Und Sie?" Hansi wandte sich an mich. "Wollen Sie nicht versuchen, ein paar Drehtage zu ergattern?"

"Gern. Haben Sie etwas für mich?"

"Mal sehen, Kindchen. Ich melde mich bei Ihnen." Wir waren schon in der Tür, als sie uns nachrief: "Wie war's denn mit Paulette ...!?" und als sie Schorschs betretene Miene sah: "Verzeihung, dass ich gefragt habe!"

Wir gingen in die Kantine, Mittag essen und um Kollegen zu treffen.

Natürlich glaubte ich Hansi kein Wort. Es stimmte einfach nicht, dass im Studio Hamburg nur Serienschrott produziert wurde, doch die ansässigen Firmen waren meist von den Aufträgen der öffentlich-rechtlichen Sender abhängig und das bedeutete Konformität. Ausnahmen gab es nur wenige, aber es gab sie: die anrührenden Dokumentationen von Eberhard Fechner (NACHREDE AUF KLARA HEYDEBRECK, FEUERSCHIFF ELBE I), die kühl inszenierten Filme von Egon Monk, einem Brecht-Schüler, und die prall realistischen von Dieter Wedel. Den dreien gemeinsam war allerdings, dass jeder seinen eigenen Klüngel hatte, in die einzudringen wohl auch für Hansi Köck schwierig war. Aber für einen guten Schauspieler gab es hier durchaus Lorbeeren zu verdienen, da musste man nicht nach München auswandern.

Zwei Tage später klingelt morgens das Telefon, Hansi am Apparat.

"Hören Sie, Ellen, ich habe da etwas für Sie! Wollen Sie einige Tage Urlaub in Finnland machen?"

"Sagen Sie's lieber gleich, Hansi. Was ist der Haken?"

"Gar kein Haken. Bloß ein paar Stunden Drehen für die Firma Beiersdorf. Sie kriegen aber den ganzen Tag bezahlt, inklusive Flug und Hotel. Drehort ist Helsinki, dort ist es himmlisch um diese Zeit. Einverstanden?"

"Ist das nicht eine Chemiefirma?"

"Kosmetik. Es handelt sich um ein neues Produkt, eine Hautcreme."

"Werbung mache ich nicht."

"Seien Sie nicht albern, Kindchen. Die Gage ist horrend."

"Es macht mir keinen Spaß, von sämtlichen Plakatwänden Hamburgs herabzulächeln."

"Schade. Ich hatte gedacht, ich tue Ihnen etwas Gutes!"

"Wie hoch ist sie denn, die Gage?", fragte ich spöttisch.
Hansi sagte es mir, flüsternd.
Ich war einverstanden.

7

Augen zu – und durch!

Es waren die letzten Tage der Spielzeit, die Umbesetzungen für meine Rollen wurden schon eingewiesen, aber ich hatte sogar noch eine kleine Premiere: im Theater in der Kunsthalle (TiK), dem Studio des Thalia-Theaters. Obwohl ich eine winzige Rolle spielte, bekam ich den meisten Applaus, nur der Intendant zeigte mir die kalte Schulter. Er wollte, nachdem ich eine Vorstellung versäumt hatte, den radikalen Schnitt, und ich musste kein Stück mehr in der neuen Saison zu Ende spielen. Einerseits eine große Erleichterung für mich, andererseits schlecht für mein Image, denn so etwas spricht sich herum. Einem begabten Schauspieler verzeiht man jede Extravaganz, aber keine Pflichtverletzung. Ich wollte zwar als großer Verächter des Stadttheaters in die Geschichte eingehen, nicht aber meinen guten Ruf und meine Ehre verlieren.

Die letzte Vorstellung war deprimierend. Meine erfolgreichen Jahre am Thalia verpufften wie eine Silvesterrakete. Kaum ein Kollege, der mir alles Gute wünschte oder sein Mitgefühl aussprach. Der Intendant hatte mich fallen lassen, auf meiner Person lag ein Tabu: schon mit mir zu reden, brachte Unglück. Allein die Souffleuse, die ich gar nicht mal besonders mochte, kam in unsre Gemeinschaftsgarderobe und drückte mir die Hand:

"Kopf hoch, Junge! Es kommen auch wieder andere Tage."

Dann legte sie, die Grundgute, mir ein Mon Chéri hin. Unter diesen Umständen eine mutige Tat. Ich heulte Rotz und Wasser.

Die Auseinandersetzung mit Ellen nahm ernsthafte Formen an. Sie wollte verhindern, dass ich weiterhin Plakate fürs TiB (Theater im Bauernhaus) klebte oder in den Szenetreffs verteilte. Überhaupt versuchte sie, das Projekt auf jede erdenkliche Art zu hintertreiben. Sie erklärte zwar, ich bilde mir das ein und litte unter Verfolgungswahn, aber für mich wurde sehr deutlich, dass sie ihre anfänglich tolerante Haltung aufgegeben hatte. Obschon sie weiterhin loyal zu mir hielt und ich ihr keinen Grund gab, sich über mich zu beklagen, spürte ich ihr Ressentiment.

Abwarten, dachte ich mir, – sie wird ihre Meinung schon ändern! Wenn die Sache ein Erfolg wird, ist sie die Erste, die sich bekehren lässt. Das war ja, was ich an ihr so schätzte: ihre Begeisterungsfähigkeit. Es war jetzt nicht der Moment, Empfindlichkeiten zu äußern und sich, typisch Frau, auf endlose Diskussionen einzulassen über die verschlungenen Wege meiner Libido. Das Schleswig-Holstein-Festival rückte näher, und wenn wir den Juli als Premierentermin schaffen wollten, mussten wir uns ranhalten. Ellen unterstützte mich auch tatkräftig, indem sie mir half, die enormen Textmassen zu bewältigen. Nur hätte sie's halt lieber gesehen, wenn ich die nicht im Kuhstall, sondern im Musentempel an der Alster vorgetragen hätte.

"Hey, mach nicht solch ein äffisches Gesicht!" war die erste Regieanweisung, die ich von Hubert bekam. Ich war jetzt ganz zu ihm aufs Land gezogen. Wir probten täglich von zehn bis drei, abends von sechs bis neun, und er legte eine erstaunliche Disziplin an den Tag.

"Aber es steht so im Text", widersprach ich.

"Der Text interessiert mich nicht", erklärte er. Ich zweifelte, ob er ihn überhaupt gelesen hatte. "Was mich interessiert, ist meine Vision vom Text."

Er schubste mich in ein Basträckchen (darunter war ich nackt), hängte mir einen Frack um und malte mir Totemzeichen auf Brust, Gesicht und Hände.

"Probenhypothese", verkündete er, höchst stolz auf diesen Einfall. "So, nun lass mal Text ab!"

Ich wollte mir die gute Laune nicht verderben lassen. Da ich die Rolle vor langer Zeit schon einmal gespielt hatte, fühlte ich mich sicher und gab vorerst keine weiteren Widerworte. Auch die nächsten Tage nicht, als er mir einen Nasenring verpasste, der mich am Sprechen hinderte, und verlangte, ich solle mir eine Glatze scheren.

"Bloß Hypothese, kapiert? Können wir alles wieder wegschmeißen, wenn wir's nicht brauchen."

Dann schleppte er ein Didgeridoo an, das Musikinstrument der Aborigines, und produzierte einige Rhythmen darauf, zu denen ich auf der Bühne herumhopsen musste. Die Glatze konnte ich ihm ausreden mit der Begründung, dass meine Haare bis zur Premiere nicht nachwachsen würden, gegen den Nasenring kämpfte ich vergebens. Frack und Basträckchen aber fand ich richtig gut.

Wie auch immer, die Sache begann allmählich, mir Spaß zu machen. Es war ein herrlicher Sommer, wogende Kornfelder ringsum, und während ich drinnen den Affen probte, zwitscherten die Vögel draußen und meine guten Freunde, die Kühe, muhten auf der Weide. Wenn wir abends halbzehn mit Torsten, unserem Handwerker aus dem Dorf, vorm Haus saßen und ein Flaschenbier tranken, war ich glücklich. Die Sonnenuntergänge in diesem Teil der Welt (Nolde hat sie gemalt) sind ein gigantisches Naturschauspiel.

Einmal mehr empfand ich die Nichtigkeit des Karrieremachens, die Einfalt, den borniertan Ehrgeiz der Theaterleute, und wollte dieses Gefühl mit Hubert diskutieren, doch er blieb kalt wie eine Hundeschnauze. Als er in die Küche ging, um Bier zu holen, fragte mich Torsten, ob er zwei Freikarten haben könne, für sich und seine Frau. "Geht in Ordnung", sagte ich, "kein Problem!" Aber Hubert, als er das hörte, lehnte rundweg ab, zumindest für die Premiere, weil das TiB nur neunundvierzig Plätze habe. Ich bekam Zweifel, ob unser Theater wirklich an den Bedürfnissen der Menschen orientiert sei, und sagte es auch.

"Ja, glaubst du denn", blaffte er, "ich will hier sang- und klanglos untergehen? Natürlich brauchen wir so viel Presse wie möglich."

"Versteh ich nicht", meinte Torsten. "Im Dorf hängen überall Plakate. Die Leute freuen sich, echt."

Wegwerfende Handbewegung von Hubert. "Weil sie mich vom Fernsehen kennen, aber ich will das nicht! Ich will das nicht!"

Und das Abendrot war noch nicht verglüht, als er auf sein Lieblingsthema zu sprechen kam: die Schaubühne, und mir einen Vortrag hielt über künstlerische Arbeit und deren Wahrnehmung in der Presse.

"Wenn aus uns hier was werden soll", tönte er, "brauchen wir Beachtung!"

Torsten gähnte. Es war ihm langweilig, und er verabschiedete sich. Wie sollte er auch begreifen, was das heißt: Feuilleton. Ein Wort, das er nicht mal buchstabieren konnte.

"Welche Kritiker hast du eingeladen", fragte ich. Hubert nannte ein paar, darunter einen, den ich absolut nicht ausstehen konnte.

"Was ...!? Du hast ihn eingeladen, ohne mich zu fragen?"

"Reg dich nicht auf! Er wird sowieso nicht kommen."

"Wie viel Kartenbestellungen gibt es?"

"Bis jetzt gar keine."

Er sagte das kein bisschen betrübt, im Gegenteil. Er rechnete wohl mit Laufkundschaft, weil Leonard Bernstein in einer benachbarten Scheune Beethoven dirigieren sollte, und wer keine Karte mehr bekam, würde natürlich, von der Meerjungfrau angelockt, zu uns herüberkommen!

Mit diesen Zukunftsaussichten gingen wir in die letzte Probenwoche, und Hubert arbeitete nachmittags, wenn ich mich ausruhte, mit Torsten weiter an der Innenausstattung. Die kirschroten Kinosessel waren eine Pracht. Die Velours-Auslegware (Sonderposten von IKEA) hatte genau den richtigen Farbton und ergab einen reizvollen Kontrast zu den mit rohem Putz beworfenen Wänden. Die Deckenbalken waren jetzt abgebeizt, was den wohnlichen Eindruck noch erhöhte, und direkt neben der Bühne ging eine Stalltür ins Freie, eine sogenannte Klöndöör, deren oberer Flügel, während ich spielte, geöffnet bleiben sollte. Überdies hatte Torsten ums Haus herum das Unkraut gejätet, um Parkplätze zu schaffen, und den Feldweg mit Kies aufgeschüttet. Praktisch war für alles gesorgt, das TiB konnte eröffnen. Nur unser nagelneues Telefon mit Anrufbeantworter (damals eine teure Angelegenheit) blieb stumm.

Wir näherten uns der ersten Hauptprobe. Von Hubert war schon lange keine Regieanweisung mehr gekommen, ihm fiel nichts ein. Er hockte mürrisch in der letzten Reihe, vor sich eine Thermoskanne auf dem Pult, und machte sich Notizen. Da war noch die wichtige, bisher ungelöste Frage, welche Maske ich als Affe haben sollte, und ich muss vorausschicken, dass ich von Natur aus stark körperbehaart bin, wofür ich mich ein bisschen schäme. Nun, ich wagte, dieses Thema anzusprechen.

"Mir egal", knurrte er. "Spiel, wie du bist!"

"Aber sollte man nicht wenigstens ..."

"Nein. Alles unwichtig, wenn du gut bist."

"Hör mal, das finde ich unfair."

"*Was* findest du unfair?", schrie er plötzlich und schlug mit der flachen Hand aufs Pult. Die Thermoskanne wackelte bedenklich. "Wir hatten ausgemacht, ich bin Regisseur und du Schauspieler ... also, bitte!"

Einen Moment lang schien es, als würde er nun losbrechen, der große Krach. Torsten, der irgendwo im Saal herumbastelte, verdrückte sich erschrocken. Panik ergriff mich. Sollte ich das Projekt jetzt noch platzen lassen? Aber nein, es gab kein Zurück mehr! Ich steckte ja bereits zu sehr drin, auch mit eigenem Geld.

Hohe Herren von der Akademie, begann ich meinen Text. *Sie erweisen mir die Ehre mich aufzufordern, der Akademie einen Bericht über mein äffisches Vorleben einzureichen. In diesem Sinne kann ich leider der Aufforderung nicht nachkommen.*

"Tu den Bastrock weg", kam es von unten. "Ich möchte, dass du nackt spielst."

Nahezu fünf Jahre trennen mich vom Affentum, eine Zeit, kurz vielleicht am Kalender ... Meine Stimme versagt, ich kann nicht weitersprechen. In meinem Kopf schrillen sämtliche Alarmglocken.

"Nun stell dich nicht so an, du Stadttheaterhansel ...!"
Ich ziehe den Bastrock aus.

"Aha, man hat meinen Vorschlag angenommen, – danke!"

Kurz vielleicht am Kalender, stottere ich, *unendlich lang aber durchzugaloppieren, so wie ich es getan habe, streckenweise begleitet von vortrefflichen Menschen, (...) aber im Grunde allein, denn alle Begleitung hielt sich, um im Bild zu bleiben, weit vor der Barriere.*

Hubert erhebt sich zu seiner vollen Größe, bereit zum letzten Gefecht (wie mir schien), und nimmt seinen Schwanz raus. Genüsslich holt er sich einen runter.

Nur jetzt nicht hinschauen, dachte ich. Augen zu – und durch!

Am selben Abend noch telefonierte ich mit Ellen, aus einem Gasthaus im Dorf, aber sie war nicht zu Hause. Ich hinterließ ihr eine Nachricht auf Band, sie solle mich sofort zurückrufen unter der neuen Nummer, ihre Anwesenheit sei jetzt dringend erforderlich.

Das Problem mit der Affenmaske löste ich pragmatisch, indem ich mir die Haare ins Gesicht kämmte, Bart und Augenbrauen mit Henna einfärbte und meinen ganzen Körper, den ich zuerst mit Wasserschminke grundiert hatte, in Tönen von verschiedenem Rot und Braun nass abpuderte. Durch den so entstandenen Effekt schien meine Nacktheit eher zumutbar. Hubert wollte protestieren, doch ich machte ihm klar, dass ich jetzt nicht mehr mit mir reden ließe. Meine ganze Kostümierung bestand nur noch aus Frack und Nasenring, – eine Entscheidung von großer Tragweite, wie sich herausstellen sollte! Meine guten Freunde jedenfalls, die Kühe, erschreckten sich gewaltig, als ich ihnen zur Generalprobe einen Besuch machte.

8

Schindluder

Nachdem ich es geschafft hatte, ihm sein Baströckchen wegzunehmen, wuchs Schorsch über sich selbst hinaus. Das Gefühl der Scham und der Angst spornte ihn zu Höchstleistungen an, ja, er begann sogar, mit seiner Angst zu kokettieren ... Vor allem aber war es mir gelungen, meine Frustration aufzubrechen und der ganzen Sache durch Erotisierung eine neue Qualität zu geben. Das war unsere Rettung, die Premiere wurde ein sensationeller Erfolg. "Erotiktheater im Kuhstall" titelte eine Flensburger Zeitung. Die Meerjungfrau wurde zum Markenzeichen und unser TiB, obwohl das Schleswig-Holstein-Festival kein Theaterfestival ist, zum Trostpflaster für all jene, die sich bei Justus Frantz und Christoph Eschenbach langweilten.

Bevor es jedoch so weit war, kriegte ich noch Ärger mit den Behörden, weil ich das Gewerbe anzumelden verschlampt hatte. Als auch dies geregelt war, drei Tage vor der Premiere, kamen erste zaghafte Kartenbestellungen. Sogar die Festivalleitung erkundigte sich, was wir für ein Verein seien. Das Interesse war allerdings derart mau, dass ich mich gezwungen sah, Torsten zwei Freikarten anzudienern, und auch den Bürgermeister von M. samt Frau Gemahlin konnte ich nicht übergehen. An der Abendkasse wurden bis kurz vor acht von 23 bestellten Karten nur 12 abgeholt, darunter keine Pressekarte. Was sollte ich tun? Hinausgehen auf die Landstraße, die vorbeifahrenden Autos stoppen? "Äh, Entschuldigung, sind Sie zufällig Kritiker ...!?"

Um nicht als Ignorant zu gelten, hatte ich Pressemappen angefertigt mit wunderschönen Fotos von Schorsch, die ich mit meiner alten Leica geknipst hatte (dazu Anmerkungen zu Kafkas Stück, biografische Daten der beteiligten Künstler etc.pp.). Auf diesen drohte ich nun sitzen zu bleiben, als plötzlich ein hohes Stimmchen fragte: "Kann ich bitte meine Pressemappe haben?" Ein wuchtiger, vierschrötiger Mann stand vor mir, dem ein Arm fehlte. Ich war so verwirrt, dass ich lange brauchte, um zu begreifen: ER war es, der von Schorsch glühend gehasste Kritiker, der unverhofft in der Gegend Urlaub machte. Ihn hatte ich auserkoren, uns den Verriss zu schreiben, der das TiB berühmt machen sollte.

"Wie ist denn Ihr Name?", fragte ich forsch.

"Aber wir kennen uns", lächelte das Stimmchen, "von der Schaubühne her. Sie waren großartig im FEGEFEUER."

Mich befiel eine geistige Lähmung. ER, der Schrecken aller Premieren, Tyrannosaurus Rex der deutschen Theaterkritik, Zyniker und Homosexuellenfeind, das einarmige Scheusal aus Wunstorf hatte mich *gelobt*. Und das ausgerechnet in einer absoluten Höllenproduktion, FEGEFEUER IN INGOLSTADT, wo ich nur deshalb eine Rolle bekam, weil zuerst ein anderer Regisseur, nicht Stein, inszenieren sollte. Dieser Andere, ein larmoyantes Weichei aus der Provinz, wurde vom Ensemble nach vielen fruchtlosen Proben abgewählt, dann ausbezahlt und weggeschickt. Der Meister übernahm und wollte umbesetzen. Ich klammerte mich an meine Rolle, denn obschon ich inzwischen einen Jahresvertrag besaß, stand für mich fest: Sobald ich eine größere Rolle spiele und Erfolg habe, gehe ich. Und ich *hatte* Erfolg in der Rolle eines Outlaws und Herumtreibers. Endlich konnte mir niemand mehr mangelnde Loyalität mit dem Bolschewismus vorwerfen!

Aus der Lähmung erwacht, schaute ich liebevoll auf den Kritiker. Er sah eigentlich gar nicht so abstoßend aus. "Haben Sie meine Einladung bekommen?", fragte ich etwas zusammenhanglos.

"Nein. Doch wie Sie sehen, bin ich trotzdem hier. Ich habe Ihr Plakat gelesen", sagte er. Ich händigte ihm die Pressemappe aus und stempelte ihm eine Meerjungfrau, unsere Eintrittskarte, auf den Handrücken. "Gibt's Parallelen zu Joan Littlewood", fragte er noch. Ich verneinte. (Die Littlewood hatte ein Theater namens MERMAID in London.) Dann betrat ER, mein Lieblingskritiker, in leichter Sommerkleidung den Saal, beachtete nicht die kirschroten Kinosessel, nicht die hübsche Auslegware noch überhaupt das ganze Ambiente und setzte sich, mokant die Lippen geschürzt, während er Fotos und Texte durchsah, in die erste Reihe.

Inzwischen war es zehn nach acht. Ellen kam besorgt und erkundigte sich, ob alles in Ordnung sei. Sie war mir kolossal auf den Wecker gegangen die letzten Tage, doch sie nahm mir eine große Sorge ab: Sie kümmerte sich um Schorsch, der mit Magenkrämpfen im Gästezimmer lag. Sein üblicher Zustand vor Premieren. Halb neun sollte die Vorstellung beginnen und Ellen erklärte, er sei zwar jetzt wohlauf, geschminkt und angezogen, aber vor so wenig

Leuten spiele er nicht.

"Egal", sagte ich. "Wenn Schorsch bereit ist, ich bin es auch."

"Hast du Vertrag mit ihm gemacht?", fragte sie misstrauisch. Sie ließ nicht locker, das alte Biest.

"Habe ich, Schätzchen."

"Seine Agentin meint: nein."

"Auch ein mündlicher gilt. Warum fragst du?"

"Weil er nämlich ein dickes Fernsehen machen könnte. Mit Fassbinder."

"Ellen, wenn du noch ein Wort sagst, hau ich dir'n paar in die Schnauze." Dies war ungefähr die Art, wie wir miteinander umgingen.

Aber ich durfte mich jetzt nicht ablenken lassen. Der Moment war einfach zu kostbar, meine ganze fernere Zukunft hing davon ab. Ich stand von dem Klapptischchen auf, das mir als Abendkasse diente, und ließ Ellen daran Platz nehmen, um weitere Zuschauer, wenn sie denn kämen, freundlich zu empfangen. Ich selbst kümmerte mich um die, die da waren. Torsten und Frau sowie das Bürgermeister-ehepaar waren ungeübte Theatergänger, von ihnen war keine spontane Reaktion zu erwarten. Allein schon aus Lokal-patriotismus würden sie alles beklatschen, was man ihnen vorsetzte. Wer aber waren die anderen Acht, die dort im Abendsonnenschein unter Obstbäumen wandelten: Freund oder Feind? Ich hatte zwanzig Minuten, das herauszufinden.

Das Flensburger Theater war mit einer starken Fraktion vertreten (3). Nette junge Leute, wenn auch keine Bundes-liga. Hier war, so hoffte ich, mit Protest zu rechnen. Kolle-gen aus der Provinz können manchmal sehr rebellisch sein.

Ein einzelner Herr mit Textbuch in der Hand – er sollte dann während der Aufführung jedes Wort mitlesen! – war der dänische Pastor von Süderbrarup, Ove Buur. Ich kannte ihn als reaktionäre Dumpfbacke und war sicher, er würde mich hassen. Falls er überhaupt jemals aufblickte.

Dann ein blasses, verhuschtes Ehepaar aus Eutin mit pubertierender Tochter. Eindeutig als Urlauber zu erkennen, also Fehlanzeige. Hatten vermutlich für Martha Argerich, die irgendwo in einer Kirche spielte, keine Karten mehr gekriegt.

Und dann Christophersen sen., unser Dorfnazi. Offenbar gekommen, um Krawall zu machen. Verbissen hielt er eine Plastiktüte von EDEKA unterm Arm. Warum ich meinen Job im Supermarkt aufgegeben hätte, fragte er mich. "Da gehörst du hin, Junge. Arbeit, Arbeit. Die Bühne solltest du Anderen überlassen." Es war das liebenswürdigste Toi-toi-toi, das ich je erhalten habe.

Unter normalen Umständen wäre ich ihm die Antwort nicht schuldig geblieben, erkannte aber rasch den unschätzbaren Wert, den dieses Arschloch für mich hatte. Er würde das schlappe Dutzend voll machen, das mein Premierenpublikum war, und bürgte mir für den Skandal. Ich brauchte jetzt keine Freunde, ich brauchte Widersacher ... und ER, der Dreizehnte am Tisch, Henning Rischbieter, würde uns überregionales Aufsehen verschaffen!

Weitere Zuschauer kamen nicht, obwohl ich durch meine Vorabend-Serie doch irgendwie berühmt war. Kafka schreckte ab. Was soll's, dachte ich, morgen werden ganze

Heerscharen ins Theater strömen. Unsre Hausglocke läutend gab ich das Signal zum Beginn der Vorstellung, und man schlenderte in den Saal. Schorsch ließ sich nicht blicken.

Er lag, als ich nach ihm schaute, auf der Couch im Gästezimmer und hatte eine Flasche Kognak neben sich. Natürlich, die hatte Ellen ihm besorgt.

ICH: (provozierend) Wenn der größte Schauspieler seit Klaus Kammer bereit ist, sein Bestes zu geben, – dann bitte!

ER: Ich habe es schon gegeben, aber du hast es nicht bemerkt.

ICH: Bemerkt habe ich vor allem, dass du mit Ellen unter einer Decke steckst.

ER: Schließlich ist sie meine Frau ... (nimmt einen Schluck aus der Kognakflasche)

ICH: Komm mir nicht so. (wütend) Spielst du nun, oder spielst du nicht?

ER: Gib den Leuten ihr Eintrittsgeld zurück. Ich spiele nicht.

ICH: Was ist los? Bist du krank, fühlst du dich nicht wohl?

ER: Es hat keinen Zweck, die Inszenierung ist misslungen. Das wird ein Reinfall.

ICH: Oder ist es, weil du mit Fassbinder Fernsehen machen willst?

ER: (winkt ab, genervt) Erst im September. Große Rolle, verstehst du.

ICH: Aber du hast hier Vertrag, Schorsch.

ER: Klar, du musst mir bei den Terminen etwas entgegenkommen. (herablassend) Vertrag hier habe ich wohl *nicht* ... oder!?

So schnell konnte ich gar nicht denken, wie meine Fäuste auf ihn eindroschen. Ich prügelte, trat und schlug ohne zu achten, wohin ich traf. Es war mir jetzt egal, ob ich ihn verletzte, ja tötete, und es hätte nicht viel gefehlt, ich hätte ihm ein Auge ausgeschlagen. Er blutete sofort stark aus der Nase, und weil er ein bisschen betrunken war, kamen seine Abwehrreaktionen verzögert. Er rollte sich auf der Couch zusammen, um weniger Angriffsfläche zu geben, und kreischte: "Lass mich zufrieden! Ich spiele ja!" Ein paarmal langte ich noch hin, dann ließ ich ihn in Ruhe.

Es war ja nun aber wirklich das Letzte, die Primadonna wollte absagen! Sich hier aufs Bitten oder Betteln zu verlegen (ach, Schorschi, tu mir das nicht an) wäre sinnlos gewesen, hier half nur rohe Gewalt. Die Drecksau wollte mich sitzenlassen, aber warum? Warum ist er geschminkt und fertig angezogen, wenn er denkt, dass es keinen Zweck hat? Die Inszenierung misslungen ist? Ich wagte zu vermuten: Weil sein Todfeind, der Kritiker, im Saal war. Ellen hatte ihm das gesteckt.

Sein Zustand war bedauernswert. Das Nasenblut hatte sich mit der Schminke verklebt, und ich versuchte es zu stillen. Überm Auge, scheußlich anzusehen, hatte er eine Platzwunde. Ich ging unsern Verbandskasten holen, und als ich aus dem Bad zurückkam, um Erste Hilfe zu leisten (die Premiere hatte ich nun innerlich abgeschrieben), bemerkte ich eine Veränderung an Schorsch. Er saß aufrecht vorm Spiegel, immer noch in Affenmaske und -kostüm, und lächelte mich seltsam dämlich an. Hatte er Drogen genommen, oder was? Während ich die Wunde versorgte, fing er an zu schmusen und wollte, dass ich meinen Schwanz raushole. Türen und Fenster standen offen, sperrangelweit, und er begann ungeniert, mir einen zu blasen. Saugte sich an dem Ding fest, biss hinein. Dies war die Rache einer Frau, und ich versuchte ihn abzuwehren, doch in der Demütigung entwickelte er enorme Kräfte.

"Komm jetzt", rief Ellen durchs Fenster, "die Leute warten schon. Vergiss deinen Nasenring nicht."

Hatte sie etwas gemerkt? Natürlich hatte sie. Durch die heftige Bewegung war sein Nasenbluten wieder ausgebrochen, und ich gab ihm ein Papiertaschentuch. Er riss es mir aus der Hand, murmelte irgendwelchen Text und rannte, sich im Laufen den Nasenring einklemmend, auf die Bühne.

Er spielte die Vorstellung seines Lebens.

9

Wir werden berühmt

Der Abend dauerte zirka fünfzig Minuten, und es war das Grandioseste, was ich, Ellen, jemals von Schorsch gesehen habe. Er schaukelte auf der Klöndöör herein (so war es inszeniert), sprang in den Lichtkreis der Glühbirnen und sah aus, als sei er geradewegs dem Schlachthaus entronnen. *Wie sich mein Leben verändert hat*, begann er mit dem Satz aus einer anderen Erzählung Kafkas, den wir an den Anfang gestellt hatten, *und wie es sich doch nicht verändert hat im Grunde!*

Da ich den Text mit ihm eingeübt hatte, konnte ich fast jedes Wort mitsprechen, ja hatte manchmal das Gefühl, ich bin es selber, der da spielt. Kritische Distanz war unmöglich, und ich gehöre eh nicht zu denen, die meinen, dass schauspielerisches Genie beschreibbar ist, analysierbar. Kritiker, die das versuchen, finde ich unglaubwürdig. Man merkte Schorsch die Strapazen an, die körperlichen und seelischen Verletzungen, die Schäbigkeit auch, Brutalität und Langeweile, die er hatte aushalten müssen, aber zuletzt obsiegte sein Genie. Endlich hatte er sich erspielt, was ihm bisher versagt geblieben war: das Kreatürliche, das anrührend Schlichte. Alle Geschmeidigkeit und Eleganz war von ihm abgefallen. Ein Thalia-Star, nur noch in Frack und Nasenring, sonst nichts. Das konnte nicht ohne Widerspruch bleiben.

Von den Ereignissen zu erzählen, die nun folgen, treibt

mir noch heute die Schamröte ins Gesicht. Warum nur, weshalb hatte ich mich breitschlagen lassen, soeben aus Helsinki zurück, wo ich einen Haufen Geld verdient hatte, hier heraus in die kulturelle Einöde zu fahren und Schorsch zu *retten*? Er hatte sich das alles selber eingebrockt. Dies wäre der richtige Zeitpunkt gewesen, mich von ihm zu trennen, er war ja jetzt schwul. Aber ich brachte es nicht fertig, seine Hilferufe auf dem Anrufbeantworter zu ignorieren. Noch am gleichen Tag setzte ich mich ins Auto, stinkwütend und fest entschlossen, alles, aber auch wirklich alles an diesem Projekt total scheiße zu finden. Doch was ich antraf, war eine Theateridylle, ein kleines Glynde-bourne, und wäre Hubert nicht so ekelhaft zu mir gewesen, ich hätte ihn umarmt und aus jubelndem Herzen beglück-wünscht. Sein THEATER IM BAUERNHAUS war einfach zauberhaft.

"Warum bist du gekommen", motzte er mich an. "Wir brauchen dich hier nicht!"

"Dann tu einfach so, als ob sie nicht da wäre ", sagte Schorsch und zog mich weg, jede Konfrontation vermei-dend. Abends sollte die erste Hauptprobe stattfinden. Sie verlief in frostiger Atmosphäre, und ich sah nun, was Hubert angerichtet hatte. Danach verzog sich Schorsch mit mir zur Kritik ins Gästezimmer. Hubert kochte vor Wut.

Am nächsten Morgen sollte die zweite Hauptprobe sein, abends dann Generalprobe und anderntags Premiere. Wir hatten also zwei Tage und zwei Nächte Zeit, um aus Talmi Gold zu machen. Schorsch hörte sich mit gespannter Aufmerksamkeit an, was ich zu sagen hatte, und ich versuchte, in einem aussichtslosen Unterfangen die

Feuerwehr zu spielen. Es schien fast unmöglich, Huberts inkompetente Regie hatte viel verdorben, doch schließlich, ich überspringe die Details, hatten wir alles soweit zurechtgebogen, dass die Premiere hätte stattfinden können. Aber Schorsch wollte nicht spielen, ihm ging der Arsch auf Grundeis.

"Kippen!", meinte er. "Die ganze Scheiße kippen!"

"Das bitte auf gar keinen Fall", sagte ich ihm. "Du stehst das jetzt durch. Und ab September machst du Fernsehen mit Fassbinder."

Er blieb jedoch bei seiner Weigerung, fast bis zuletzt. Man stelle sich mein Entsetzen vor, als ich am Premierenabend unter den spärlich strömenden Zuschauern Henning Rischbieter bemerkte, hannoverschen Kritiker und Schorschs Intimfeind. Entgegen Huberts späterer Behauptung war ich es allerdings nicht, die ihm das sagte. Wie auch immer, Schorsch änderte seine Meinung.

Die Premiere konnte beginnen.

Zunächst bleibt alles ruhig. Die Leute sind verwirrt, betreten, eingeschüchtert. Auch deutlich angewidert manche. Hubert, unser Regisseur, hat sich seitwärts am Scheinwerfer postiert, um flagrante Störer im Publikum, sobald sie sich hervorwagen, anzuleuchten. Und wahrhaftig, nach knapp zehn Minuten ist es schon so weit! Der Erste, der aufspringt, um Rabatz zu machen, ist ein Mann im Neonazi-Look, der in den Saal brüllt, ob das hier 'ne schwule Peepshow sei und er sich womöglich in der Adresse geirrt habe. Hubert richtet den Scheinwerfer auf ihn.

"Nazis raus!", rufen die Kollegen vom Flensburger

Theater.

Kleinlaut, aber nicht geschlagen setzt sich der Mann wieder hin. Schorsch, ohne sich im Geringsten aus der Ruhe bringen zu lassen, spielt weiter. *Ich darf meine Hosen ausziehen, vor wem es mir beliebt,* sagt er, mit den Lippen ein schmatzendes Geräusch machend, *man wird dort nichts finden als einen wohlgepflegten Pelz.* Er nimmt seinen Hodensack in beide Hände und schüttelt ihn in Richtung Neonazi. O Gott, denke ich, was hat das mit Kafka zu tun? Bleib doch bitte am Text!

Es ist nun kein Halten mehr. Während draußen die Abenddämmerung einsetzt und Schmetterlinge durch die halb offene Klöndöör ein und aus fliegen, heizt sich die Stimmung im Saal immer mehr auf. Bei fast jedem Satz, den Schorsch nun sagt, kommen Missfallenskundgebungen, Protest und Zwischenrufe, gefolgt von demonstrativem Beifall der Flensburger Kollegen. Ist aber ein Publikum erstmal so weit provoziert, dass ihm die Vorgänge auf der Bühne egal werden (siehe Zadeks OTHELLO), fällt es übereinander her, pöbelt, beleidigt sich gegenseitig, und der Schauspieler hört im Allgemeinen auf zu differenzieren, setzt nur noch starke, grobe Akzente. Nicht so mein Schorsch! Je brutaler das Publikum wird, desto mehr nimmt er sich zurück und erreicht auch tatsächlich vorübergehend ein bisschen Aufmerksamkeit.

Bis ein gepflegter älterer Herr mit Textbuch in der Hand aufspringt (ich weiß nicht mehr, an welcher Stelle) und schreit: "Wo steht das, wo steht das!?" Hubert richtet den Scheinwerfer auf ihn. *Weiterkommen,* antwortet Schorsch, *weiterkommen! Nur nicht mit aufgehobenen Armen stillestehn, angedrückt an eine Kistenwand.* Es wird immer deutlicher, dass Schorsch hier mit Kafkas Text auch eine andere, nämlich die eigene kuriose Geschichte erzählen will, die Geschichte seines späten Coming-outs. Ob dies Publikum dafür geeignet ist, scheint ihm keine Überlegung wert. Nur sein Erzfeind, der Kritiker, zeigt sich verständnisvoll.

"Nun machen Sie doch nicht solchen Wind", sagt Rischbieter, sich umdrehend, zu dem Protestierer. Daraufhin schleudert der, nach einem Moment des Innehaltens, sein Textbuch auf die Bühne und wankt stumm hinaus. *Es sind gute Menschen, trotz allem,* ruft Schorsch ihm nach.

Wie soll es jetzt weitergehen, denke ich. Lange nichts vom Neonazi gehört! Im Publikum herrscht gefährliche Stille. Auch der Beistand von Seiten der Flensburger Kollegen hat merklich nachgelassen, seitdem sie geschnallt haben, dass es sich wohl hier um eine Art Queer Theatre handelt, damals die absolute Neuheit. Das zeitweilig offen schwule Gebaren des Hauptdarstellers führt denn auch zum Exodus eines Touristenehepaars, das seiner pubertierenden Tochter dies meint nicht zumuten zu können. Wortlos, aber geräuschvoll, verlassen sie den Saal. Hubert hält es nicht der Mühe wert, sie anzuleuchten.

Das Kafka-Textbuch, eine zerlesene alte Taschenausgabe, soll nicht das Einzige bleiben, was durch den Raum fliegt. Tatsächlich wird sich die Lage derart zuspitzen, dass ich ans Telefon rennen und, in Panik, die Polizei rufen muss. Die Attacke des Neonazis erfolgt plötzlich und präzise, auf lange Hand vorbereitet ...

Schorsch hat kaum vier, fünf Sätze weitergespielt, als

ihn – zack! – eine Plastiktüte mit Fäkalien am Kopf trifft. Frisch abgefüllte Jauche verbreitet bestialischen Gestank. Das Publikum hustet, hält sich Taschentücher vor Mund und Nase, Schorsch jedoch spielt eisern weiter. Geistesgegenwärtig holt Hubert einen Gartenschlauch und dreht den Wasserhahn auf.

Als hätte ich geahnt, dass ich einen Ausweg finden müsse, wenn ich leben wolle, sagt mein Schorsch, während Hubert ihn abspritzt, *dass dieser Ausweg aber nicht durch Flucht zu erreichen sei.* Mir bleibt fast das Herz stehen. Unsere Auslegware ist natürlich ruiniert, aber die kirschroten Kinosessel sind – Gott sei Dank! – sauber geblieben.

Als die Polizei eintrifft, hat sich der Neonazi aus dem Staub gemacht, aber Hubert erlaubt es sowieso nicht, dass die Vorstellung unterbrochen wird. Heroisch hält er, indem er draußen mit ihnen redet, die Polizisten von der Bühne fern und gibt Schorsch so Gelegenheit, den Abend zu Ende zu spielen. Schorsch erreicht mit seiner Kunst eine schier schwindelerregende Intensität, und man müsste schon ein Banause sein, um das nicht anzuerkennen. Niemand im Publikum wagt jetzt mehr wegzugehen, und vollkommen ruhig spricht Schorsch die zentralen Sätze Kafkas: *Ach, man lernt, wenn man muss; man lernt, wenn man einen Ausweg will; man lernt rücksichtslos. Man beaufsichtigt sich selbst mit der Peitsche; man zerfleischt sich beim geringsten Widerstand.*

Der Schlussapplaus ist mehr als dünn. Die verbliebenen Zuschauer, ohne einander anzusehen, streben eilig zu ihren Autos. Schade, – sie wissen nicht, was sie gesehen haben.

Hubert entreißt Rischbieter, der sich ein Taxi rufen lässt, das Versprechen, so bald wie möglich über diesen Abend zu schreiben (Er tat es *nicht*!), und wendet sich wieder den Polizisten zu. Die werfen kurz einen Blick in den Zuschauerraum, nehmen Huberts Anzeige und Personalien zu Protokoll, verschwinden dann auch. Außer einem knappen Schreiben von der Staatsanwaltschaft Flensburg, dass der Täter nicht ermittelt werden könne, sollten wir nie wieder etwas von der Angelegenheit hören.

Hubert jedoch ist hochzufrieden. Er hat erreicht, was er wollte: den Skandal.

Zu einer richtigen Premiere gehört eine Premierenfeier, unbedingt, und was Hubert uns in jener Nacht bescherte, mit Lachsbrötchen, Sekt und Kaviar, war das erste freundschaftlich ausgelassene Miteinander seit unsern wilden Eskapaden am Theater in D. Er zeigte, wie charmant er sein kann, wie liebenswürdig, und auch Schorsch, nachdem er ein heißes Bad genommen hatte, fühlte sich wie neu geboren. Wir schwelgten in Erinnerungen, kalberten herum und spielten unsere Lieblingsschallplatten (Kinski, Oskar Werner). Die zurückliegende Premiere erwähnten wir mit keinem Wort mehr, bis Hubert zufällig im Nachtstudio des dänischen Rundfunks die erste Kritik hörte. Das Schleswig-Holstein-Musikfestival resümierend, wurde im Lauf der Sendung unser TiB als schrille Randnote erwähnt, als skandalträchtiges Unternehmen ehemals linker Theaterleute, die sich nun im Zeichen der Meerjungfrau über Kafka hermachten.

Hubert, der uns den Quatsch übersetzte, weil wir kein Dänisch konnten, schrie erregt: "Oho, da hat wohl jemand telefoniert! Bestimmt hat der telefoniert!"

"Wer soll denn telefoniert haben?", fragte ich.

"Wer schon! Der dänische Pastor von Süderbrarup", schimpfte er, "der Mann mit dem Textbuch in der Hand!"

Ich hatte verstanden und hoffte nur, dass unser Freund, der Neonazi, nicht ebenfalls telefoniert hatte. Viele deutsche Neos durften in Dänemark ungehindert publizieren.

Aber es kam noch schlimmer. Ist ein ordentlicher Verriss zwar etwas, worüber man sich ärgern kann, der aber nichts schadet, ist eine sogenannte Hymne oft viel verheerender. Eine solche erschien anderntags im SCHLEIBOTEN. "Wir haben die Ehre", hieß es da, "in unserer Mitte den bekannten Schauspieler Georg *** (Thalia-Theater Hamburg) zu begrüßen, der es sich nicht nehmen ließ, die Rolle eines halb zivilisierten Affen fast nackt, nur mit Frack und Nasenring bekleidet, zu spielen. Ein erschütterndes Erlebnis, grandios und künstlerisch einzigartig, das jedoch manchen Störern der Aufführung, die damit der kulturellen Mündigkeit unsrer Region ein schlechtes Zeugnis ausstellen, nicht gefiel." – Hubert war sich absolut sicher, dass kein Vertreter dieses Blättchens die Premiere gesehen hatte. Also auch hier: Jemand musste telefoniert haben. Vielleicht der Bürgermeister?

Ein paar Tage später brachten die FLENSBURGER NACHRICHTEN – immerhin, nicht ohne ihren Kritiker geschickt zu haben, der sich die Vorstellung auch wirklich ansah – einen Megaverriss ("Erotiktheater im Kuhstall"), den Hubert jedoch als Lob auffasste, und vor Ablauf einer Woche waren wir berühmt. Es hagelte Kartenbestellungen, die Leute rannten uns die Bude ein. Wir mussten Extra-

Vorstellungen spielen, und eiskalt setzte Hubert die Eintrittspreise herauf.

"Nun, was habe ich euch gesagt?", jubilierte er. "Kein Grund, sich Sorgen zu machen." Und vollführte, dutzendweise Kusshändchen und Victoryzeichen zur Meerjungfrau hinaufschickend, einen Kriegstanz um die Wetterfahne ...

10

Böse Nachbarn

Als mir der Beutel Scheiße an den Kopf knallte, war das sozusagen die Vertreibung aus dem Paradies. Was wir hätten machen wollen, nämlich ein Theater, das sich an den Bedürfnissen der Menschen orientiert, nicht an der Hitparade in THEATER HEUTE, war gescheitert. Stattdessen waren wir zum Verkaufsschlager auf dem Erotikmarkt avanciert, und hätte uns der Name Kafka nicht geschützt, wir wären auf dem untersten, dem billigsten Niveau gelandet. So aber hielten wir eben grad noch die Balance zwischen Kunst und Porno. Die ST. PAULI NACHRICHTEN, damals das erste deutsche Sexblatt, das gleichgeschlechtliche Kontaktanzeigen druckte, begann sich für uns zu interessieren, aber auch DIE WELT, eine Springer-Zeitung, brachte einen anerkennenden Artikel über uns. Wir galten als Tabubrecher, und wenngleich die deutschen Feuilletons das Wort Queer Theatre noch ignorierten, setzte sich der Begriff, eingeführt durch das Buch von Stefan Brecht, später durch. Wir aber waren die Ersten, die sich trauten, schwules Theater zu machen, und das verdankte ich Ellen. In der kritischen Situation zwischen Haupt- und Generalprobe überwand sie ihr Ressentiment und bestärkte mich darin, strikt in diese Richtung zu gehen. Mit einigen wenigen Handgriffen hat sie so die ganze Inszenierung umgebaut. Kein verquastes Ethnotheater mehr, sondern – knallhart und ehrlich! – die Bekenntnisse eines

Betroffenen. Sie hatte eben doch den besseren Riecher, war informiert über die Szene in London, New York, Paris, und obwohl selber völlig ungeeignet für den normalen Theaterbetrieb, war vielleicht sie diejenige, die mehr Recht hatte, sich Künstlerin zu nennen, als ich, der in solchen Dingen ziemlich ahnungslos war.

Hubert, nun zunehmend hysterisch und gehässig wegen des guten Einvernehmens zwischen Ellen und mir, versuchte sich durch Quertreibereien Geltung zu verschaffen und sein ramponiertes Ansehen wiederherzustellen, dann aber, als das nichts nützte, gab er schließlich klein bei und beschränkte sich auf sexuelle Aggressionen. Noch am Abend der Premiere, unmittelbar vor meinem Auftritt zog er seine Schwanznummer ab, und es entwickelte sich eine handfeste Prügelei zwischen uns.

Was ihn aber richtig fuchste, ja fast außer sich brachte, war, dass er in keiner einzigen Kritik bisher, ob positiv oder negativ, als Regisseur erwähnt wurde. Alles drehte sich nur um mich. Wurden wir verrissen, stufte man die Leistung des Hauptdarstellers als immerhin respektabel ein, wurden wir gelobt, dann hauptsächlich meinetwegen. Hubert begann, Leserbriefe an die Redaktionen zu schreiben und auf seine Verdienste als Nebendarsteller in Schlöndorffs Film sowie im Vorabend-Programm des ZDF hinzuweisen. Auch seine Arbeit mit Peter Stein an der Schaubühne blieb nicht unerwähnt. Man möge doch bitte, bitte ihn vor hiesigen Neonazis in Schutz nehmen, er fürchte um sein Leben. Geschickt versuchte er und reichlich raffiniert, sich als verfolgte linke Unschuld darzustellen, doch das Feuilleton beachtete ihn gar nicht.

Das Schleswig-Holstein-Festival ging allmählich zu Ende. Und damit auch der kulturtouristische Rahmen, die Atmosphäre von Urlaub und Sommerfrische, die mir so behagte. Ein paar Tage noch und die weltbekannten Solisten, Dirigenten waren abgereist, in deren Schatten ich ein bisschen Ruhm ergattern konnte. Den ganzen August über hatte ich jeden Abend (außer montags) gespielt, am Wochenende sogar doppelt, und fühlte mich nun ziemlich ausgelaugt. Hatte schlicht die Faxen dicke. Freute mich auf mein Fernsehen mit Fassbinder.

Obwohl finanziell kaum lohnend, hatte Hubert mir stets korrekt, wie es vereinbart war, meinen Anteil an der Abendeinnahme ausbezahlt. Er meinte jedoch, wir hätten aus der Sache noch nicht rausgeholt, was rauszuholen sei, und verlangte, dass ich weiterspiele.

"Hör mal, wir sind hier nicht am Broadway. Ich kann nicht mehr!"

"Du vergibst dir eine große Chance", sprach er mit seherischer Geste. "Wenn Rischbieter schreibt, wirst du vielleicht Schauspieler des Jahres."

"Er wird nicht schreiben."

"Doch, wird er. Wenn nicht dieses, dann nächstes Jahr", orakelte er und schob den Gemüseauflauf, den er gerade zubereitete, in den Backofen. Er bekochte mich jetzt regelmäßig, wir lebten wie ein altes Ehepaar. "Und außerdem wird dein Fassbinder nicht stattfinden ..."

"Woher willst *du* denn das wissen!?"

"MÜNCHENER ABENDZEITUNG lesen, mein Schatz!"

Er wedelte mit einem Brief, den er spätvormittags

erhalten hatte, und zeigte mir, Triumph im Blick, einen winzigen Zeitungsausschnitt mit der Nachricht, dass RWF ins Klinikum rechts der Isar eingeliefert worden sei, um sich den Magen auspumpen zu lassen. Suizidversuch?

"Er hat", so Hubert, "alle weiteren Termine abgesagt."

Hätte ich in diesem Moment ein Messer griffbereit gehabt, ich hätte es ihm in den Leib gestoßen. Instinktiv wusste ich, dass diese Meldung ein Fake war, rief aber vorsichtshalber meine Agentin an, um die Sache zu klären. Ellen war natürlich wieder nicht erreichbar, nur Anruf-beantworter.

"Was gibt's Neues?", meldete sich Hansi, als ich endlich zu ihr durchgestellt wurde. "Wie man hört, sind Sie im Erotikgewerbe erfolgreich."

Ich fiel mit der Tür ins Haus, beschwerte mich heftig darüber, dass in drei Wochen Drehbeginn sein sollte, ich noch immer keinen Vertrag hätte ... usw.

"Jungchen, machen Sie mich nicht wahnsinnig! *Sie* sind es doch, der unbedingt mit Fassbinder arbeiten will. Damit muss man eben rechnen."

"Jetzt heißt es, er hat Selbstmord begangen und alle weiteren Projekte abgesagt."

"Davon ist mir nichts bekannt. Haben Sie ein Vertragsangebot?"

"Aber was soll das heißen", schrie ich. "Ich dachte, ich bin engagiert."

"Noch nicht." Beleidigtes Schweigen, dann: "Uns liegt eine Anfrage vor, kein Angebot. Das ist nicht ganz dasselbe."

"Wieso *das* denn! Ich lerne schon Text, ich kann die

Rolle fast auswendig."

"Aha, ein Drehbuch haben Sie erhalten, – immerhin,"

"Ich verstehe überhaupt nichts mehr."

"Hören Sie, Jungchen. Ich hab's Ihrer Frau doch erklärt, die jede Woche hier anruft: Solange wir kein Vertragsangebot haben, ist alles noch offen."

"Ich dachte, Hansi, Sie sorgen dafür, dass ich einen Vertrag bekomme!"

"Wenn Fassbinder Selbstmord begangen hat, wird das schwierig. Aber gut, ich kümmere mich darum."

Während ich den Hörer aufknallte, dachte ich, wen soll ich nun zuerst erschlagen: Hubert oder Ellen. Den einen, der durch Tricks und Finten versucht, mir wieder kaputt zu machen, was ich noch gar nicht in trockenen Tüchern habe, oder die andere, die mich durch impertinente Hartnäckigkeit und ihre zur Schau getragene Gattenliebe überall unmöglich macht. Sie war es nämlich gewesen, Ellen, die mir das Fassbinder-Drehbuch angeschleppt hatte mit der Bemerkung, ich solle schon mal den Text lernen, meine Agentin werde alles Weitere regeln. Ich traute ihr sogar zu, mit ihm, RWF selber, telefoniert zu haben, der keineswegs Selbstmord begangen hatte, wie sich herausstellte (die Meldung war uralt!), sondern am Hamburger Schauspielhaus eine Inszenierung vorbereitete. Warum wusste ich davon nichts?

Kurz, mein Fernsehen fiel ins Wasser. Ich war einfach zu dämlich, mich selbst darum zu kümmern, Ellen war überfordert und Hansi Köck verwaltete bloß eine Kartei, mehr nicht. "Heutzutage dürfen Sie froh sein, wenn Sie bei

Drehschluss endlich ihren Vertrag kriegen. Das ist durchaus nichts Ungewöhnliches!" – Als Neuling in dem Gewerbe, ich hatte ja noch nie vor einer Kamera gestanden, brauchte ich unbedingt einen Privatagenten, der für seine handverlesene Klientel auch wirklich kämpft oder, wie man heute sagt, die *promotion* macht. Hansi Köck, von Staats wegen bestellt und ohne Provision arbeitend, war zu lahmarschig.

Ich steckte das locker weg und ärgerte mich nicht weiter darüber. Es würde hoffentlich nicht meine letzte Chance gewesen sein! Worüber ich aber nicht hinweggehen konnte, war Huberts plumpe Kabale, der Fake mit dem Zeitungsausschnitt, und ich stellte ihm folgendes Ultimatum.

"O.k., ich spiele weiter. Wenigstens im September, und nur am Wochenende. Aber du verschwindest hier, *ich will dich nicht mehr sehen*!"

Hubert war so erschrocken, dass die heiße Backform, die er aus dem Herd balancierte, ihm aus der Hand zu fallen drohte. Heute gab's Kalbsmedaillon mit grünen Bohnen. Er konnte inzwischen wahrhaft gut kochen, und die Mahlzeiten, täglich zur festen Stunde, waren unsre einzigen Zusammenkünfte. Ansonsten gingen wir uns aus dem Weg.

"Und wer soll dir was zu essen machen?", fragte er kleinlaut. "Ellen doch wohl nicht."

"Torsten", sagte ich barsch.

"Aber der kann überhaupt nicht kochen. Außerdem wird er im Dorf stark angefeindet, weil er für uns arbeitet."

"Kein Problem. Bestell ich Essen auf Rädern, basta!"

"Eigentlich dachte ich, dass wir nächstes Jahr wieder ein Stück zusammen machen: wir drei. Dann schreibt Rischbieter bestimmt."

"Schon möglich, wenn Fassbinder inszeniert."
"Aber der ist tot", seufzte er und spielte den Betrübten.

Kein Zweifel, Hubert war nicht auf der Höhe des Problems, und ich, um mir keine Blöße zu geben, verriet ihm nicht meine Informationen. Oder hätte ich ihm sagen sollen, dass ich nun arbeitslos war und daher den Affen, der mir zum Halse raushing, weiterspielen musste? Für das moralische Klima zwischen uns wäre es besser gewesen, wir hätten offen geredet, doch ich empfand nur noch Hass.

Hubert hatte wieder angefangen, beziehungsweise: niemals aufgehört, morgens im Supermarkt zu arbeiten, und dieser Job wurde ihm gekündigt. Einige Leute im Ort fanden es gar nicht gut, dass er pornografisches Theater machte (und auch noch schwules, igitt!). Als die schützende Aura des Festivals wegfiel, zeigte sich sehr rasch, welches Gewaltpotenzial in ihnen steckte, diesen dörflichen Biedermanns und Bummelmeiers. Unser TiB wurde das Ziel von Anschlägen.

"Ich kann dich hier nicht alleinlassen", sagte Hubert eines Tages, "die Leute haben irgend etwas vor. Und außerdem, wo soll ich hin?"

"Mir werden sie nichts tun", entgegnete ich. "Besser ist, wenn *du* von der Bildfläche verschwindest!"

"So. Und warum, meinst du, werden sie dir nichts tun?"

"Weil ich berühmt bin", sagte ich verächtlich. "Talent setzt sich überall durch."

Zwei Uhr, die Stunde der gemeinsamen Mahlzeit. Devot wie eine Küchenschabe, eine rosarote Schürze vorm Bauch, serviert Hubert mir das Essen. Ich runzle die Stirn: "Was ist das, wenn ich fragen darf?"

"Putenkeule in Majoran."

"Ich esse kein Putenfleisch, verdammt nochmal! Wie oft soll ich das noch sagen?"

An dieser Stelle, man mag es mir glauben oder nicht, bricht er doch tatsächlich in Tränen aus. O Gott, war das alles öde!

Wenn ich meinte, sie würden mir nichts tun, irrte ich. Bevor aber die Ausschreitungen gegen mich einsetzten, bekamen wir als Vorgeschmack schon mal den § 175 verpasst. Jemand hatte es mit gelber Leuchtfarbe, ein Signal für die ganze Gegend, oben auf unser Wahrzeichen, die Meerjungfrau, gesprüht.

Wie, zum Teufel, war er dort hinaufgekommen?

11

Perlen vor die Säue

Vorübergehend zog ich zu Ellen, wo hätte ich auch sonst hinsollen? Schorsch hatte sich über den Zeitungsausschnitt furchtbar aufgeregt, obwohl er nichts sagte, und ich wusste natürlich, logo, dass die Meldung uralt war. Aber ich wusste auch, dass Herr Fassbinder am Schauspielhaus FRAUEN IN NEW YORK inszenieren würde und daher keinesfalls in drei Wochen ein Fernsehen beginnen konnte, in dem Schorsch besetzt war. Diese Enttäuschung wollte ich ihm ersparen, und mein kleiner Trick ermöglichte ihm, das Gesicht zu wahren. Ich wollte unbedingt und unter allen Umständen unser Theater retten.

Ellen hatte an der Gerüchtebörse erfahren, das Fernsehen sei verschoben worden und für Schorschs Rolle längst ein Anderer engagiert, aber sie traute sich nicht, ihm das zu verklickern, während ich ihm ein Dasein ohne Fassbinder so angenehm wie möglich zu machen suchte. Wirklich, ich riss mir ein Bein aus und steppte auf den Brustwarzen, doch er schickte mich einfach weg. Torsten, der schmucke Handwerker aus dem Dorf, hatte es ihm angetan.

Das möblierte Apartment am Eppendorfer Baum war so ziemlich das Mondänste, was ich je gesehen habe, und wir machten uns ein schönes Leben, Ellen und ich. Sie schlief in ihrem Ehebett, ich auf dem Teppichboden. Wir verstanden uns jetzt besser als früher, wenngleich sie äußerste Distanz hielt, und die ersten Wochen setzte ich viel Energie daran, ihr zu beweisen, dass ich nicht homosexuell bin. Ich beglückte sie mit ausgeklügelten Mahlzeiten, was sie sich gern gefallen ließ, und brachte ihr morgens das Frühstück ans Bett. Einmal, wie zum Scherz, legte ich meinen Schwanz mit aufs Tablett.

"Was bezweckst du eigentlich", kicherte sie, schon halb einverstanden. "Mach doch keinen Blödsinn! So was läuft bei mir nicht."

Eine schlechte Schauspielerin, wie gesagt.

Schorsch und Ellen telefonierten fast jeden Tag, mit mir wollte er nicht reden. Es war nun genau das passiert, was ich vorhergesehen hatte: Einige Leutchen aus dem Dorf hatten ihm die Fresse blutig geschlagen, Torsten konnte ihn nicht schützen. Dies war der Anfang einer langen Kette von Repressalien, die hinwiederum Schorsch zu Höchstleistungen auf der Bühne anspornten (und insofern ein Geschenk des Himmels). Die weiteren Vorstellungen wurden unter Polizeischutz gestellt.

Schorsch wurde nicht müde zu erklären, dass er ein Märtyrer sei. Aber mir passte das alles nicht, verursachte mir Unbehagen, und ich kam allmählich an den Punkt, mich von der Sache zu distanzieren. Gut, mein Hauptdarsteller war genial, – doch *sein* Erfolg war nicht *mein* Erfolg! Und ich hatte auch nie die Absicht gehabt, Queer Theatre zu machen. Selbst wenn ich dem schwulen Genie erlaubt hatte, meine Geschlechtsteile zu benutzen, war ich noch lange kein 175er ... Sollte er doch froh sein, dass ihm gezeigt worden war, wo's langgeht! Er hatte zu seiner wahren Natur gefunden, und letztlich gehörte es ja irgendwie zusammen: Schwulsein und Märtyrer. Mein Weg war das nicht.

Für die, die es nicht wissen, sei gesagt, dass in Deutschland ab 1970 auch die Schwulen sich politisierten und parallel zur Studentenbewegung, von dieser aber ungeliebt, einen Platz in der öffentlichen Diskussion erkämpften. NICHT DER HOMOSEXUELLE IST PERVERS, SONDERN DIE SITUATION, IN DER ER LEBT klagte Holger Mischwitzky, der sich Rosa von Praunheim nannte, und gab mit seinem gleichnamigen Film die Initialzündung für allerlei Heckmeck und Missverständnisse. Man gründete Selbsterfahrungsgruppen, quasselte drauflos und ließ coram publico die Hosen runter. Prominente Künstler und Politiker wurden zwangsgeoutet. Man organisierte den Christopher-Street-Day, sehr bescheiden zunächst mit nur wenigen Teilnehmern, dann von Jahr zu Jahr schriller und kommerzieller. Schwule Bars mit Darkroom, schwule Badehäuser schossen wie Pilze aus dem Boden und wurden zur breiten Einflugschneise für HIV.

Obschon ich das ganze Treiben entsetzlich fand, respektierte ich durchaus die politischen Erfolge der GAY LIB, solidarisierte mich sogar und unterschrieb, wenn ich aufgefordert wurde, ihre Manifeste. Sowohl an der Schaubühne, damals ein Ort der vorschnellen Diskriminierungen, widerte es mich an, dass Peter Stein sich jederzeit abfällig über Schwule äußerte, wie mich auch Ivan Nagel anwidert, Horkheimer- und Adornoschüler, der nachts durch die Hamburger Klappen huscht, um ein bisschen Sex zu finden.

"Du redest oft von der Schaubühne", seufzte Ellen, "sie lässt dich nicht los! Das alles hat dich tief verletzt."

"Ja", sagte ich. Wie sollte ich's ihr begreiflich machen? "Es war eine Zeit des gegenseitigen Misstrauens und der politischen Erpressung. Man pflegte keine Freundschaften im Ensemble, privat ging man so gut wie gar nicht miteinander um. Es gab namhafte Darsteller, die, mit großem Trara engagiert, sofort wieder kündigten: Monica Bleibtreu, Elfriede Irrall. Aber dem Stein machte das nichts. Auf den Schwingen des Zeitgeistes und bejubelt von der Presse eilte er (noch!) von Erfolg zu Erfolg. Irgendwann kündigte ich dann auch."

"Aber die Kollegen waren doch nett zu dir."

"Einige, nicht alle." Sie hatte noch immer nichts begriffen. Von heute aus gesehen *ist* das alles ja auch unbegreiflich und eher mit den Zuständen in einem totalitären Staat vergleichbar. "Besonders die, die abends nicht auf den Brettern standen, also die Nicht-Künstler, sorgten dafür, dass ich isoliert wurde. Dieter Sturm sagte einmal, natürlich hinter meinem Rücken, er bekomme das große Kotzen, wenn er mich auf der Bühne sehe." Er war ein Intellektueller mit starkem Hang zur Grauen Eminenz ('Der Geheime') und mobbte auf Teufel komm raus. Er konnte seine Opfer schon übers Grüßen abstrafen.

"Wie wurde eigentlich Peymann ersetzt?"

"Man fragte Chereau, fragte Heyme, fragte Fassbinder. Engagiert wurde Grüber, der daraufhin prompt in übermäßig ästhetisierten Formen zu schwelgen anfing. Jede seiner Inszenierungen war ein Ausflug in die Kunstgeschichte."

"Theater muss schwitzen und dampfen, ich weiß",

bemerkte sie spöttisch. "In dem Fall wäre Zadeks OTHELLO das Richtige für dich."

Die Aufführung war ein kolossaler Erfolg im Schauspielhaus, man lobte ihre radikale, bilderstürmerische Qualität. 'Shakespeare in Unterhosen', so Stein giftig in einem SPIEGEL-Interview. Ganz Hamburg lief hin, um sich ein bissel provozieren zu lassen, und sie erwies sich denn auch, das muss ich zugeben, als erfrischender Kontrast gegen den Ästhetizismus der Schaubühne und ihre sich anbahnende Gigantomanie. Wildgruber imponierte mir sehr. Wie Atlas die Weltkugel trug er den Abend auf seinen Schultern. Um ihn herum: Laientheater.

Aber ich hatte mich jetzt um andere Sachen zu kümmern, mein Fortkommen nämlich. Ich brauchte dringend irgendwo ein paar Drehtage. In irgendeiner Scheißserie, ganz egal. Mich wieder am Theater zu bewerben zögerte ich noch, denn ich hatte ja Zadeks handgeschriebene Postkarte, dass er gern mit mir arbeiten würde. Nur, wie sollte ich davon Gebrauch machen? In Bochum, wo er Intendant war, wollte ich nicht spielen, und bis er wieder in Hamburg inszenierte, konnte ich nicht warten. Also telefonierte ich mit meiner Agentin, Frau Goldschmidt in München, doch sie hatte mir nichts anzubieten, d.h. sie wollte nur dann etwas für mich tun, wenn ich mir selbst etwas besorgte. Ich hatte sie damals vor dem Dreh mit Schlöndorff kennengelernt und gebeten, für mich den Vertrag auszuhandeln, aber das lag jetzt schon wieder Äonen zurück. Ich musste Geld verdienen.

"Bleib ruhig", erklärte Ellen emphatisch, "niemand

zwingt dich, ein Engagement anzunehmen. Du bist mein Gast ... *unser* Gast!", verbesserte sie.

"Heißt das, ich darf neben dir im Bett schlafen?"

"Nerv mich nicht, sonst schmeiße ich dich raus."

O.k., sie hatte hier das Sagen, aber so leicht ließ ich mich nicht abweisen. Es würde nicht mehr lange dauern, bis ich meinen Schwanz dort positioniert hatte, wo er hingehörte.

Die Nachrichten aus M. waren nicht gut, ganz und gar nicht, doch ließen sie mich seltsam kalt. Man hatte versucht, mir das Dach anzuzünden. Ein Brandsatz, gegen das TiB geschleudert, hatte ein wagenradgroßes Loch ins Reet gerissen und war dann erloschen. Dass nicht vielmehr passiert war, kein größerer Schaden entstanden ist, lag wohl daran, dass die ausführenden Neonazis Dilettanten waren.

"Ich fahre am Wochenende hin und werde nach dem Rechten sehen", entschied Ellen. "Wir können ihn jetzt dort nicht allein lassen."

"Die Saison ist zu Ende. Er soll Schluss machen", sagte ich.

"Im Gegenteil. Ich habe das Gefühl, er will dort überwintern."

Wieso denn *das* auf einmal! Wenn er meinte, er könne mich aus meinem Haus vertreiben und irgendwelche krummen Dinger drehen, täuschte er sich aber. Mein Gewährsmann in diesem Fall war Torsten. Ich rief ihn an und hatte seine Frau am Apparat, Bärbel. Sie war äußerst schnippisch zu mir. "Nein, Torsten ist nicht da. Bitte rufen Sie nicht mehr an." Ich wählte die Nummer des TiB und hatte Glück, Torsten nahm sofort ab. Er beruhigte mich und sprach zu mir in seiner lieben, treuherzigen Art, ganz ohne Ressentiment. Halb so schlimm, das Loch im Dach sei mit Plastikplane abgedeckt, würde demnächst repariert. Die Doppelvorstellungen am Wochenende seien immer ausverkauft, weiterhin unter Polizeischutz gestellt und man hätte dies auch für die anderen Tage der Woche beantragt. Nein, davon wisse er nichts, dass Schorsch hier den Winter verbringen wolle, aber er, Torsten, würde sich natürlich freuen. Mit den Neonazis werde man schon fertig, ich brauche mir keine Sorgen zu machen ... Das tat wohl.

Die Fassbinder-Premiere rückte heran. Ein Ereignis, das Ellen, bevor sie an die Ostsee fuhr, unbedingt abwarten wollte, um Schorsch davon zu berichten. Sie hatte uns für teures Geld zwei Karten im Vorverkauf besorgt, und ich erklärte sie für verrückt, weil ich noch nie für Theater den vollen Eintrittspreis bezahlt hatte: entweder Steuerkarte oder gar nichts.

FRAUEN IN NEW YORK ist ein lauwarmes Stück für warme Regisseure, die meinen, einer höheren Logik zu folgen, wenn sie sich mit Zickenproblemen befassen und einen Blick durchs Schlüsselloch auf die weibliche Psyche gewähren. Was an diesem Abend dabei herauskam, war jedoch bestenfalls Hausfrauentheater. Inspirationslose Regie, geschmäcklerisches Bühnenbild, verkorkste Kostüme. Die Aufführung schleppte sich hin, zäh wie Rübensirup, aber Fassbinder war eben Fassbinder und das alles ja eigentlich auch nicht wichtig! Man musste nur zusehen, auf der Premierenfeier, die beim Italiener irgendwo in einer Seitenstraße der Reeperbahn stattfand, einen guten Platz zu ergattern.

"Hubsilein, gib Pfötchen!", alberte Ellen, die mich sonst nie so nannte, und stellte mich Ivan Nagel vor. Wir hatten vor der Tür gewartet und betraten nun gleichzeitig mit dem Intendanten, der freundlich meine Hand schüttelte, das Lokal. Dort ging es bereits hoch her. Fassbinder stand, umringt von seinen Kreaturen, an der Theke und schrie Nagel entgegen (mich meinend): "Wo hast du denn *den* aufgegabelt!" Ich nutzte die Gunst des Augenblicks und sagte frech: "Auf der Bahnhofsklappe natürlich." Fassbinder bestellte für mich ein Bier.

"Woher kenne ich ihn ...!?", wandte sich Nagel an Ellen, die ihm daraufhin klarmachte, dass er mich zwei Jahre zuvor in einem Gastspiel des FEGEFEUER IN INGOLSTADT auf der Bühne gesehen hatte.

"Du hast mit Stein gearbeitet?", fragte Fassbinder und musterte mich von oben bis unten. Allerdings mehr an solchen Stellen, wo ich unmöglich mit Stein gearbeitet haben konnte.

"Ach ja, natürlich!", rief Nagel und klatschte sich auf die Stirn. Von da an war der Abend für mich geritzt. Die Schaubühne hatte mich wieder einmal gerettet.

Als ich Fassbinder in einem Ton à la 'Sie wissen ja selbst, wie schlecht es war' zum Erfolg gratulieren wollte, sagte er: "Fuck you!" Nicht unsympathisch eigentlich. Dieser kurze Wortwechsel hatte den größten, allergrößten Einfluss auf meine (Film-)Karriere, und ich war Ellen unendlich dankbar für ihre Hilfe.

Wir knallten uns ordentlich voll im Verlauf des Abends,

und als ich spät nach Mitternacht mit ihr ins Bett fiel, hatte sie alles für mich bezahlt, auch das Taxi zum Eppendorfer Baum. Es konnte ihr nicht schnell genug gehen, noch im Fahrstuhl begann sie, mir die Hose aufzuknöpfen.

Anderntags fuhr sie nach M., wo Schorsch tapfer seine Perlen vor die Säue warf. Nun hatte sie ihm wirklich etwas zu beichten.

12

Die Geisterfahrerin

Was sich der Autobahnpolizei auf der A7 Richtung Flensburg an diesem Morgen darbot, war das Bild einer zutiefst verunsicherten Frau. Nachdem ich kurz angehalten hatte, um Pipi zu machen, kam etwa auf der Höhe von Neumünster im Radio die Durchsage ACHTUNG/ES KOMMT IHNEN AUF IHRER FAHRBAHN EIN FAHRZEUG ENTGEGEN und schwups! wurde ich mit der Kelle an den Rand gewunken. Ich wusste gar nicht wie mir geschieht, und als ich verkatert, ungeschminkt und ungefrühstückt aus meinem altersschwachen VW kroch, um Führerschein und Fahrzeugpapiere vorzuweisen, schoss es mir durch den Kopf, dass ich mangels Verkehr ja schon lange die Pille abgesetzt hatte. Was, wenn ich von Hubert schwanger wurde?

Man überprüfte per Funk meine Personalien, und ich dachte, ich komme mit einem Bußgeld davon. Eilig ging ich meine Tage durch und nahm den Taschenkalender zur Hilfe, doch ich verzählte mich dauernd, weil die Bullen ständig dazwischenquatschten. "Was bin ich schuldig?", scherzte ich, heilfroh, dass ich nicht ins Röhrchen blasen musste, und griff nach dem Portemonnaie.

"Ihr Führerschein ist eingezogen. Steigen Sie aus!"

"Hören Sie, ich bin absolut nüchtern ..."

"Sie sind eine Geisterfahrerin."

Dies Urteil zerstörte mich nun allerdings am Boden.

Nein, ich fasste es nicht! Und da in meinem beschissenen Leben die Unglücke immer paarweise auftreten, stand für mich zweifelsfrei fest: Elli ist schwanger.

Ein Abschleppdienst wurde verständigt. Ich ließ mich an der nächsten Raststätte absetzen und rief mir ein Taxi. Der Fahrer, ein älterer Türke, strahlte bis über beide Ohren, als er mir die Wagentür aufhielt, und machte sogar einen Diener. Keine Ahnung, warum. Freute er sich über die lukrative Tour? Fand er schwangere, verwirrte Frauen reizvoll? "Wunderschön", sagte er nur immer wieder, "wunderschön!", und ich war mir nicht sicher, ob er mich verspotten wollte. Er beobachtete mich im Rückspiegel, von dem sein Nazarlik baumelte, jenes Amulett gegen den bösen Blick. Ich sollte bald feststellen, dass meine Unglücke diesmal nicht paarweise, sondern als Drillinge auftraten.

Mich zu verspotten freilich, eine Ausdrucksform, die einem frommen, wenn auch offenbar etwas abergläubischen Moslem völlig fremd ist, war des Türken Absicht nicht. Im Gegenteil, er wollte mich beschützen. Des Rätsels Lösung kam kurz hinter der Abfahrt Schleswig, vorbei an einem Schlachtendenkmal aus dem deutsch-dänischen Krieg ...

Mein Türke bog von der Straße ab und steuerte, gegen schrillen Protest meinerseits, auf eine riesige Plakatwand zu. Einen Moment lang dachte ich, er will mich vergewaltigen. Doch nein, er hielt mitten auf der Wiese, stieg aus und schwenkte sein bunt gehäkeltes Mützchen, das ihn als Mekkapilger kenntlich machte. Mit nasaler Stimme ein Liedchen auf Türkisch trällernd, riss er die hintere Wagentür auf und schmeichelte: "Steig aus, Prinzessin Sherazad!" Misstrauisch bis zum Letzten schielte ich auf seine Taxi-

Legitimation, um mir den Namen einzuprägen, falls der Türke unverschämt werden sollte. Einen Blick auf die Plakatwand zu werfen, obwohl er wild gestikulierend darauf hinwies, fiel mir zunächst nicht ein, – ich muss gestehn, ich hatte eine ziemlich lange Leitung! Schließlich tat ich es dann doch, aber schaute sofort wieder weg und spielte, ganz Schauspielerin der zweiten, dritten Garnitur, einen ausgewachsenen Double-Take.

Was da überlebensgroß von der Werbefläche herablächelte, war ebenjener Teil meines Ichs, mit dem ich absolut nichts zu tun haben wollte. "Halten Sie die Taxi-Uhr an ...!" war alles, was ich noch stammeln konnte, bevor ich schluchzend mich dem Mekkapilger in die Arme warf.

Sherazad sei doch ein hübscher Name für eine Hautcreme, meinte Schorsch und löffelte sein Müsli. Ich hatte ihn beim Frühstück überrascht. Mein türkischer Taxifahrer, nachdem er mich direkt vor der Haustür abgesetzt hatte, wollte großzügig keinen Pfennig Geld annehmen. "Für Sherazad!", rief er, "für die Schönheit!", und verabschiedete sich mit Kusshand. Im letzten Moment klemmte ich ihm hundert Mark unter den Scheibenwischer, der Mann hatte sicherlich Familie.

Schorsch griff sich ans Brustbein, seufzte affektiert und verdrehte die Augen. Oh, ich hatte nicht übel Lust, ihm meine Fingernägel ins Gesicht zu graben ...

ER: Ich weiß nicht, warum du dich so aufregst. Du hast doch 'ne Menge Moos damit verdient!

ICH: Jetzt kann ich mich in Hamburg nicht mehr blicken lassen.

ER: Unsinn! Dort fällt das weniger auf als hier auf dem platten Land.

ICH: Ich bin erledigt, ein für alle Mal. Kein Theater wird mich je wieder engagieren.

ER: Ach, Liebchen, du wirst den Unterschied kaum bemerken.

Weiß Gott, er hatte recht! Zum ersten Mal in meinem Leben kamen mir heiß die Tränen, so fühlte ich mich gedemütigt. Aber das Schlimmste hatte ich ihm noch gar nicht erzählt.

ICH: Wundert es dich nicht, dass ich mit dem Taxi komme ...!? Mein Führerschein ist weg.

ER: Mich wundert überhaupt nichts mehr.

ICH: Es geht mir nicht gut. Elli hat 'ne riesengroße Dummheit gemacht.

ER: Erzähl mir bloß noch, du bist schwanger ...!

ICH: Woher weißt du das? Ich weiß es ja selbst noch nicht.

ER: Eingebung, Liebchen. (achselzuckend) Bald können wir einen Hubert-Hinterbliebenen-Fond gründen.

ICH: (verzweifelt) Ich lasse abtreiben.

ER: Geh, sei nicht blöd!

Damit war das Thema für ihn erledigt. Ich heulte, was die Tränendrüsen hergaben, doch dass ich so leicht davonkommen würde, hatte ich nicht gedacht. Vielmehr war ich darauf gefasst gewesen, mich zu rechtfertigen, mich verteidigen zu müssen, aber Schorsch hatte mich auf den ersten Blick durchschaut. Schwule haben bekanntlich, was *das* betrifft, übersinnliche Fähigkeiten. Und wieder verspürte ich den Drang, ihm eins in die Fresse zu hauen ...

Ich zog meinen Mantel aus und setzte mich, immer noch schnuffend und hickelnd, an den Küchentisch, fühlte mich indes kaum in der Lage zu frühstücken, aufgewühlt wie ich war. Er schenkte mir eine Tasse Kaffee ein. "Nun berichte endlich, wie war Fassbinder?" Ich hielt den Daumen nach unten und sagte: "Kann sein, Hubert wird bei ihm spielen!" Sein Gesicht wurde aschfahl, er japste wie ein Fisch auf dem Trockenen: "Etwa die Rolle, die *ich* spielen sollte ...!?" – "Yes, my dear", versetzte ich. Es war nicht nötig, mit meinen Fingernägeln ihm die Fresse zu zerkratzen. Warum tat ich das?

Meine Beziehung zu Schorsch war an ihrem Tiefpunkt angelangt. Eigentlich gekommen, um ihn zu trösten, wollte ich ihm nur noch wehtun, und meine Enttäuschung darüber, nicht moralisierend von ihm bedrängt zu werden, schlug um in Hass. Ich hatte ihn betrogen, was bisher noch nie vorgekommen war, und erwartete Bestrafung. Als diese ausblieb und er bloß achselzuckend reagierte, strafte *ich* ihn, aber hallo! Ich glaube, das nennt man einen Stellvertretereffekt. Die Wirkung war verheerend.

Binnen kürzester Zeit schlug Schorsch alles kurz und klein, was in Reichweite stand und Hubert gehörte: sein Geschirr, seine Stereoanlage, die Sammlung kleiner Zierfliesen auf dem Kamin, Theaterfotos. Ich versuchte erst gar nicht, ihn daran zu hindern. Sollte er doch das Zerstörungswerk, das die Neonazis unvollendet gelassen hatten, komplettmachen. Auch sah ich es nicht ungern, dass Schorsch in seiner Wut, seinem Jähzorn endlich wieder jene Männlichkeit an den Tag legte, die ich so schmerzhaft an ihm vermisst hatte. Sein Schwulsein, hoffte ich erneut (wohl wissend, dass ich hinter bereits gewonnene Erkenntnis zurückfiel), sei bloß eine angenommene Attitüde.

"Verfluchtes Aas!", tobte er und zerschmetterte, während ich mich sanft in das beruhigende Gefühl kuscheln durfte, nicht gemeint zu sein, eine Flasche Eierlikör an der Wand. Eine Flasche Rotwein folgte. Die herablaufenden Rinnsale ähnelten einer Kalligrafie mit dem Namen des Propheten, die mein Taxitürke am Lenkrad befestigt hatte, und (Herrgott, was war mit mir los) ich sehnte mich plötzlich nach ihm. "Für Sherazad! Für die Schönheit!" Im nächsten Moment flog ein schwerer gläserner Aschenbecher dicht an meinem Kopf vorbei.

"Hör doch auf mit dem Quatsch", sagte ich teils erfreut, teils verärgert, "spiel hier nicht den Verrückten!"

"Halt' s Maul, Dreckstück!" Jetzt war *ich* gemeint. "Du hast dies alles mit ihm ausgeheckt. Ist doch klar!"

Er stand vor mir wie der Stummfilm-Caligari und rollte mit den Augen: Schmierentheater. Durfte ich das überhaupt noch ernst nehmen? Für meine Schwangerschaft, den Verlust des Führerscheins hatte er nur ein Achselzucken übrig gehabt, aber dass ihm jemand die Rolle wegspielte, brachte ihn zur Raserei. Doch um gerecht zu sein, muss ich eines klarstellen: Auch ich spielte schlechtes Theater, denn zu diesem Zeitpunkt wusste ich noch gar nicht, ob Hubert einen Film mit Fassbinder machen würde (was dann später geschah), wusste nicht, ob ich schwanger bin.

Ich war es.

Der Rest ist schnell erzählt. Nachdem Schorsch mir die Unterlippe aufgeschlagen und fast das ganze Mobiliar zertrümmert hatte, verkündete er:

"Ich spiele heute Abend nicht."

Mit einem Taschentuch mir das Blut abtupfend, stöhnte ich: "Pfui, wie unprofessionell!" Ich wartete auf seine Entschuldigung, aber sie kam nicht. Es war ihm jetzt selbstverständlich geworden, mich zu schlagen.

"Mir egal. Ich haue ab."

"Wie bitte ...!? Du willst hier alles stehen und liegen lassen?"

"Jawohl, das *werde* ich."

Sprach's, rief sich ein Taxi und fuhr nach Hamburg. Ohne auch nur seine Zahnbürste einzupacken. Nie hasste ich ihn mehr als in diesem Augenblick. Mich mit dem ganzen Kladderadatsch hier sitzen lassen, – brutal, selbstherrlich, verantwortungslos! Und es fiel ihm gar nicht auf, dass er mit seinem Verhalten ein schäbiges Plagiat von Huberts skandalösem Bühnenabgang in D. geliefert hatte, allerdings mit dem Unterschied, dass es hier keine Konventionalstrafe gab. Mir fiel nun die Aufgabe zu, die Vorstellung abzusagen.

Torsten wurde informiert und erklärte sich einverstanden, alle Plakate im Dorf mit dem Vermerk FÄLLT AUS! zu übermalen. Die Meerjungfrau samt aufgeschmiertem § 175 hatte er schon vor Tagen abmontiert und war dabei, sie zu säubern. "Das ist nicht nötig", sagte ich ihm, "wir spielen keine Vorstellungen mehr. Schorsch hat einen Nervenzusammenbruch."

"Einen Nervenzusammenbruch", staunte er, als wüsste er nicht, was das ist. Die grenzenlose Naivität dieses Jungen wunderte mich immer wieder. Er seufzte ein bisschen püppchenhaft (was mich Verdacht schöpfen ließ, dass vielleicht auch er Adept im Klub der Homophilen geworden war) und meinte: "Dann haben sie also gesiegt, die Neonazis."

"Mag sein, Torsten. Jedenfalls, den Polizeischutz brauchen wir nicht mehr."

"Brauchen wir nicht", echote er. Dies war unser letztes Telefonat.

Ich brachte die schlimmsten Zerstörungen, die Schorsch angerichtet hatte, wieder einigermaßen in Ordnung und packte seine Sachen in die Reisetasche. Mein Gepäck bestand nur aus einer Plastiktüte. Nachdem ich mir etwas zu essen gemacht hatte, verließ ich gegen 16 Uhr das Haus und ging zu Fuß zur Bahnstation. Die Haustür ließ ich unabgeschlossen.

Bewusst hatte ich darauf verzichtet, Hubert anzurufen und ihn auf das vorzubereiten, was ihn erwartete. Als ich im Zug saß, überlegte ich, was ich als Nächstes tun sollte: Vielleicht war es besser, zu meinen Eltern nach Hannover zu fahren, nicht in die Wohnung am Eppendorfer Baum? Beim Umsteigen in Kiel ging ich unter einem gigantischen Werbeplakat hindurch auf den anderen Bahnsteig.

Sherazad blickte mich an, unvermeidlich. Unentrinnbar.

13

Späte Berufung

Kurz vor der Autobahn änderte ich meine Meinung. Auf die fällige Auseinandersetzung mit Hubert hatte ich, obwohl immer noch stocksauer, keine Lust und ließ mich Richtung Sylt fahren. Ich wollte ein paar Tage Urlaub in Kampen verbringen, das hatte ich mir redlich verdient. Ein befreundeter Synchronregisseur, der mich vor Zeiten einmal in der MUPPETS SHOW und DIE BIENE MAJA besetzt hatte, führte dort im Sommer eine Künstlerpension und reagierte, als ich ihn von der nächsten Telefonzelle aus anrief, hocherfreut. Er wischte meine kleinlichen Bedenken, ob ich ihm möglicherweise zur Last falle, energisch beiseite: "Komm nur, Schorsch! Wir sind zwar ausgebucht, aber keine Bange. Wir bringen dich schon unter!" Der Preis für das Zimmer, inklusive Halbpension, war – worauf er nicht versäumte, mich hinzuweisen! – der eines Fünf-Sterne-Hotels, und ich hegte nicht die geringsten Skrupel, diesen meinen Urlaub aus der Abendkasse des TiB zu finanzieren, die ich hatte mitgehen lassen. Ich blieb bis weit in den Oktober.

Das Inselklima tat mir wohl, und die einsamen Spaziergänge im Watt beruhigten meine Nerven. Nur leider, die Noldeschen Sonnenuntergänge wurden weniger spektakulär, je näher der Herbst kam, doch es reichte allemal, um mir klarzumachen, was für ein armseliger Wurm ich war und dass ich mich Ellen gegenüber schofelig benommen hatte. Wenn Entschuldigungen etwas vermochten, wollte ich mich bei ihr entschuldigen. Dein Verhalten ist absolut unwürdig, sagte ich mir: Lass sie doch schwanger sein, von wem sie will, sie ist dir nichts schuldig! Und seit wann führen wir eine bürgerliche Ehe, bitte schön? Die verschlungenen Wege deiner Libido sind kein Grund, einer dir treu ergebenen Partnerin den Laufpass zu geben ... Diese Erkenntnis, gewonnen im Sylter Wattenmeer und eigentlich nichts Neues, wurde zum ehernen Fundament unserer späteren Beziehung (und ist es bis heute). Mit Hubert versöhnte ich mich nie wieder.

Nicht weit von meiner Fünf-Sterne-Pension betrieb Valeska Gert ihren ZIEGENSTALL, ein in der Ästhetik der Fünfzigerjahre steckengebliebenes Nachtlokal mit Wachstuchtischdecken und herabtropfenden, auf leere Weinflaschen gepferchte Billigkerzen, das vom vergangenen Ruhm seiner Besitzerin zehrte. Ich hatte ihre Memoiren ICH BIN EINE HEXE gelesen und ihren Auftritt als Medium in Fellinis Film JULIA UND DIE GEISTER lebhaft in Erinnerung. In dies ekstatische kleine Koboldgesicht zu blicken war mir keine Mühe zu viel, doch das versnobte Publikum und die überteuerten Getränkepreise stellten meine Geduld auf die Probe, bis dann schließlich eines Abends, sich der linkischen Huldigungen erwehrend, sie höchstpersönlich unter ihren Gästen Platz nahm.

Wir hofften, sie möge eine ihrer berühmten Nummern zum Besten geben, aber fürs Beineschmeißen war sie ja nun zu alt. Ihre Person war der Artefakt. "Du schminkst dich völlig falsch, liebes Kind", bemerkte sie zu einer neben ihr sitzenden jungen Frau und fuhrwerkte ihr mit Lidschatten und Wimperntusche im Gesicht herum. Peinlich, fand ich.

"Was glotzt du so?", schnarrte sie zu mir herüber und wedelte ungeduldig mit der Hand. "Komm her, Bubi, – sei ein lieber Kerl!" Ich gehorchte, ihr mein Gesicht gleichfalls zur Korrektur darbietend. Offenbar hatte sie heute Abend den Schminkfimmel.

Was sie mit mir anstellte, war eine dreiste Unverschämtheit, und das hämische Lachen der anderen Gäste ließ mich vermuten, dass sie es darauf angelegt hatte. Doch was tut man nicht alles für einen Lacher! Zunächst ging ich von keiner kränkenden Absicht aus. Erst später, viel später, als ich Schlöndorffs steifes Machwerk DER FANGSCHUSS im Kino sah, begriff ich, dass diese ehemals bedeutende Künstlerin nur noch als manierierte Fratze existieren konnte und die schneidende, verletzende Übertreibung ihr Grundmittel war, rücksichtslos auf Kosten der Kollegen, – dabei durchaus nicht unfähig, auch feinere Akzente zu setzen! Jetzt im ZIEGENSTALL war ich noch unsicher, ob ich beleidigt sein sollte oder nicht, hielt aber still, bis sie fertig war: Valeska Gert schminkte mich als Frau.

"Fehlt noch der Sturmhelm!", befahl sie, schnippte mit den Fingern und, ich weiß nicht woher, plötzlich hatte ich eine teerosenfarbene Perücke auf dem Kopf. Hilfreiche Hände gaben mir Ohrklipps, irgendjemand legte mir seinen teuren Givenchy-Schal um. Ich protestierte halbherzig. Einige Gäste applaudierten.

Klar, für einen Schauspieler keine ungewöhnliche Situation, doch mir schnürte das Gefühl die Kehle ab, dies alles werde nur inszeniert, damit das verwöhnte Publikum seinen Spaß habe, und ich solle als die Sau durchs Dorf getrieben werden. War in Kampen auf Sylt völlig unbekannt, dass ich am Thalia große Rollen gespielt und exzellente Kritiken bekommen hatte? "Ich bin ein Star, meine Herrschaften", hörte ich, schon leicht angetrunken, mich faseln, "das könnt ihr mit mir nicht machen!"

"Huch, ich bin ein Star, bin ein Star", parodierte mich die Gert, "und ich spiele so gerne Leichen!"

Sie hatte es auf den Punkt gebracht, diese Teufelin, und obwohl ich heute anders von mir denke, glaubte ich damals: Wie wahr! Ich bin ein Leichenkasper, stinkfad und ehrpusselig. Tauge zu nichts anderem mehr, als mich selbst wichtig zu nehmen. Meinen verblassenden Ruhm zu restaurieren, mein Künstlertum, meine sexuelle Identität.

Unter Pfiffen und Beifallklatschen erhob ich mich auf imaginären Stöckelschuhen und drehte, mich in den Hüften wiegend, eine Extrarunde durchs Lokal. Wie ich in meine Pension und ins Bett gekommen bin, weiß ich nicht, doch ich lag noch lange wach und konnte gar nicht davon lassen, meine Erniedrigung zu genießen.

"Gut, dann schlage ich vor: Du lässt dir deinen Schwanz amputieren!", schreit Ellen ins Telefon, als ich ihr den Wendepunkt meiner Existenz darzulegen versuche, und knallt den Hörer auf. Ich habe sie nach langem Hin und Her in Hannover bei ihren Eltern erreicht, unser Anrufbeantworter am Eppendorfer Baum war ausgeschaltet. Befand sich Hubert noch in der Wohnung? Ellen wusste es nicht. Ich wähle aufs Neue ihre Nummer.

"Hören Sie, Georg", meldet sich eine weibliche Stimme,

Ellens Mutter, "es hat wirklich keinen Zweck. Nach allem, was vorgefallen ist, halten wir eine Trennung für das Beste ..."

"Aber sie ist schwanger!"

"Nicht von Ihnen."

Also *daher* wehte der Wind. Ellen, die sonst keine Gelegenheit auslässt, über ihre Mutter herzuziehen, hat sich mit ihr verbündet, und diese drittklassige Kostümschneiderin, bei der es zu einem künstlerischen Beruf nicht gereicht hat, will mir jetzt einen Vortrag über die Ehe halten.

"Das Kind ist meins", sage ich.

Jemand grabscht sich den Hörer und feixt: "Man hört, du bist jetzt andersrum?" Mein Schwiegervater, der Bassbariton. Immer für einen Kantinenwitz gut.

"Lieber Travestiekünstler", feixe ich zurück, "als saudämliche Operetten jodeln."

"Sehr witzig."

"Und du erst."

Ellen übernimmt den Hörer: "Was ...!? Du willst Travestie machen?"

"Ja. Ich habe hier auf Sylt ein paar Leute kennengelernt, die planen, so ein Theater zu eröffnen."

Verächtliches Schnauben im Hintergrund. Familie hört mit.

"Findest du nicht, es ist an der Zeit, sich um die Wohnung zu kümmern?"

"Mach du es bitte! Ich möchte Hubert nicht begegnen."

"Ich kann nicht, ich habe eine Modenschau bei Karstadt."

Ich glaubte, nicht recht verstanden zu haben. Ellen, die

Elitäre, macht eine *Modenschau bei Karstadt*? Unfassbar!

"Naja", lenkt sie ein, "das Gastspiel von Lucinda Childs in Hamburg würde ich schon gern sehen ..."

Keine Ahnung, wer das ist, aber ich merke, sie will mir signalisieren: Hol mich hier raus!

"O.k.", sage ich, "einverstanden! Und nach der Vorstellung gehen wir gemeinsam in die Wohnung."

"Ich hoffe, du hast den Schlüssel", sagt sie noch. "Wir treffen uns dann vorm Schauspielhaus."

Ich hänge mich also, wieder einmal, ans Telefon, um Karten zu besorgen für EINSTEIN ON THE BEACH. Es war, glaube ich, zum ersten Mal, dass eine Arbeit von Robert Wilson in Deutschland gezeigt wurde. Ivan Nagel hatte es ermöglicht. Zu meinem nicht geringen Erstaunen war eine Oper angekündigt, aber dann wurde überhaupt nicht gesungen. Keine Handlung, keine Psychologie. Fünf Stunden lang passierte so gut wie gar nichts. Nur stehende Bilder und Situationen, endlos wiederholte Bewegungsabläufe, von Lucinda Childs mit hackenden Gebärden gnadenlos exerziert. Dann plötzlich – als man schon dachte, ich halt es nicht mehr aus! – eine winzige Veränderung, ein Blick, eine Geste, die dadurch den Mitteilungswert von etwas Sensationellem bekam, gefolgt von neuen Kaskaden schier endloser Wiederholung bis zum abrupten Stillstand. Was nun eintrat, könnte man brüllendes Schweigen nennen, eine tosende Stille, zwanzig Sekunden, dreißig, dann die gleiche Sequenz nochmal von vorn.

Nein, etwas derart Radikales hatte ich noch nicht erlebt, – ein neues, nie gekanntes Zeitgefühl auf der Bühne! Dazu die monotone Musik von Philip Glass, das Publikum flüchtete in Scharen. Ich war, nach anfänglichem Widerwillen, total begeistert und Ellen natürlich sowieso. Wenn uns heute, dreißig Jahre später, die Fernbedienung von der geschwätzigen Bilderflut erlöst, die uns ein Wilson'scher FREISCHÜTZ aus Baden-Baden via ARTE ins Wohnzimmer spült, können wir die überschwängliche Begeisterung von damals nicht mehr nachvollziehen. Aus dem Kontinent Wilson ist, o Jammer, ein Disneyland geworden.

Bevor wir uns ein Taxi nehmen, gehen wir rasch auf einen Drink ins Hotel Reichshof, und dann muss Ellen unbedingt noch einen Koffer aus dem Schließfach im Hauptbahnhof holen.

"Was hast du in dem Koffer", frage ich sie.

"Karstadt-Fummel. Für dich."

Endlich, nach vielen weiteren kleinen Vermeidungs-manövern betreten wir mit krissligem Gefühl im Magen unser Apartmenthaus am Eppendorfer Baum, und ich schließe, nachdem ich zuerst unsern Briefkasten geleert habe, die Wohnungstür auf. Mein erster Blick geht gewohn-heitsmäßig in Richtung Anrufbeantworter. Der ist nicht an seinem Platz.

"Glaubst du, er ist zu Hause?", flüstert Ellen und klam-mert sich an mich, zitternd wie Espenlaub. Im Wohnzimmer brennt Licht, und während Ellen furchtsam durch die Diele schleicht, fällt mir auf, dass ich etwas übersehen habe, einen kleinen unscheinbaren Zettel anstelle des Anrufbeant-worters:

BIN IN MÜNCHEN BEI FASSBINDER.
MITNAHME DER ELEKTROGERÄTE
ERFOLGT WEGEN VANDALISMUS
UND DIEBSTAHLS DER ABENDKASSE.
LECKT MICH ALLE. HUBERT

Im selben Moment schreit Ellen: "O Gott, unser Fernsehapparat!" – "Und meine Stereoanlage ..." bleibt mir noch zu ergänzen, und im Kopf überschlage ich bereits die Schadenssumme. Etwa siebentausend Mark. Gar nicht schlecht, Bürschchen, denke ich, hättest dir ruhig noch paar von meinen Edelklamotten klauen dürfen! Ich reiche Ellen den Zettel.

"Das geht nun aber wirklich auf keine Kuhhaut mehr", empört sie sich, "was *der* sich herausnimmt. Komm, wir gehn zur Polizei!"

"Nein, gehn wir nicht", sage ich, "er hat ja recht. Wünschen wir ihm, dass er dort unten einen guten Start hat."

"Jetzt können wir keine Callas mehr hören!", schluchzt sie hemmungslos, und ich, ganz mitfühlender Ehemann, schenke ihr einen Longdrink ein. Unsre alkoholischen Getränke hat Hubert nicht angerührt.

Wir waren nun, bis auf das Telefon und ein kleines Transistorradio, ohne mediale Kontakte zur Außenwelt: für zwei karrierebewusste Schauspieler ein bedrohlicher Zustand. Den Rest der Wohnung hatte Hubert uns relativ sauber und aufgeräumt hinterlassen, den Schlüssel in einer Obstschale auf dem Tisch deponiert. Wir mussten froh sein, dass er nicht auch die Bilder von der Wand genommen hatte. Die waren Eigentum des Vermieters.

"Was sollen wir jetzt anfangen", klagte Ellen. "Helsinki ist bald aufgebraucht."

"Queer Theatre, was sonst", rief ich, mir ebenfalls einen Longdrink mixend.

Es wurde noch ein sehr netter Abend.

14

Bestiarium

Der Regisseur Edgar Reitz hatte einen schlechten Tag gehabt, sein Hauptdarsteller hatte ihn desavouiert. Die Stimmung war mies, und es hatte sich zu allem Unglück noch die Einzige, die am Set für gute Laune sorgte, nämlich die Kostümbildnerin, ein Bein gebrochen. Wir drehten im hintersten Böhmerwald einen Kostümfilm, die Dame wurde also dringend gebraucht und hatte sich, das Bein in Gips und auf zwei Krücken gestützt, bereit erklärt weiterzuarbeiten, wenn man sie in Ruhe ließe. Regisseur Reitz aber, weit davon entfernt, die Kompetenz seiner Mitarbeiter vorbehaltlos zu respektieren, verfolgte sie mit nörgelnder Pedanterie und Besserwisserei, bis sie ganz plötzlich einen solchen Wutanfall hinlegte, dass uns die Spucke wegblieb.

"Für wen tue ich denn das alles?", schrie sie, ihre Verdienste nicht eben gering veranschlagend: "Für dich, für den Film, für die Kollegen!"

Ich zweifelte, ob wir diesen (schon jetzt) überflüssigsten Film des Jahres jemals zu Ende bringen würden.

"Doch, doch. Unbedingt!", meinte der Produzent, der auch nicht mehr so recht daran zu glauben schien. Ihm fehlte, gab er unumwunden zu, noch immer ein Erkleckliches an der Finanzierung, weshalb er an Spesen und Fahrtkosten zu sparen suchte. Von München, dem Standort der Produktion und Wohnsitz der meisten Mitwirkenden, organisierte er Sammelfahrten an die Drehorte in der

Tschechoslowakei. Die Hotels vor Ort waren zwar erstklassig für den deutschen Stab und die Schauspieler (klar, das hatte man im Vertrag), die tschechischen Kollegen indes waren zu dritt, zu viert in billigen Hotelzimmern untergebracht. Dagegen zu protestieren erwies sich als zwecklos, und den Tschechen war's egal. Sie kannten es nicht anders.

Abends nach Drehschluss wurden Muster angeschaut, je nachdem was das Kopierwerk schickte, und naturgemäß hatte ich großes Interesse, wurde aber aus dem Vorführraum gewiesen. Wir Schauspieler (unterstellte man), wenn wir meinen, dass wir in einem Film nicht gut 'kommen', werden leicht nervös und spielen nicht mehr unbefangen. Großer Gott, ich hatte an so etwas überhaupt nicht gedacht, doch unser Hauptdarsteller hatte es sich – trau, schau, wem! – in den Vertrag setzen lassen. So entstand die absurde Situation, dass er als Einziger mit dem Stab jeden Abend Muster kuckte, wir Anderen nicht. Überhaupt ließ er es sich angelegen sein, uns das Gefühl zu vermitteln, er habe den Bogen raus, und sparte auch zuweilen nicht mit Kritik an unseren darstellerischen Bemühungen.

Was dem Ganzen die Krone aufsetzte, war ein Vorfall am Set. Als der Regisseur von ihm verlangte, einen bestimmten Ablauf so, so und nicht anders zu spielen, erwiderte er, ihm unverblümt das Misstrauen aussprechend:

"Na, dann inszenier das mal, mein Lieber!"

Fortan durfte man ihr Verhältnis als zerrüttet betrachten.

Ich kannte Tilo P., den Hauptdarsteller, von unsrer gemeinsamen Zeit an der Schaubühne her, wo er ein guter

Kumpel gewesen war. Unser Beitrag zur Weltrevolution war GILGAMESCH, ein selbstverfasstes Kinderstück, das wir mit fünf anderen Schauspielern und einem Musiker kollektiv erarbeitet und in der Probebühne Cuvrystraße herausgebracht hatten. Es war so erfolgreich, dass es sogar vom Fernsehen aufgezeichnet wurde.

Später, wir waren inzwischen beide nicht mehr für die Weltrevolution tätig – Tilo versuchte in München, eine Filmkarriere aufzubauen, ich hatte mir ein Bauernhaus gekauft –, rief er mich an und fragte, ob ich nicht auf meinen Anteil am Copyright verzichten könne, er wolle das Stück jetzt professionell vermarkten, ein Theaterverlag interessiere sich für die Rechte.

"Aber hör mal", widersprach ich, "wir waren damals ein Kollektiv, und GILGAMESCH ist ein Produkt jener Zeit. Du kannst jetzt nicht einfach ...!"

"So? Und wessen Idee war es ursprünglich: *meine* doch wohl! Du warst ja von Anfang an dagegen, hast mir Knüppel zwischen die Beine geworfen!"

"Solidarische Kritik, nicht mehr und nicht weniger."

Er hatte bereits in zahlreichen Interviews erklärt, er wolle mit allem, was Mitbestimmung heißt, fürderhin nichts zu tun haben und ließ an der Schaubühne kein gutes Haar. Wir hatten damals beide unter der Zurücksetzung durch Peter Stein zu leiden gehabt, Tilo allerdings als überzeugter Kommunist, sodass mich sein Sinneswandel doch etwas verblüffte. Was soll's, dachte ich, bei intelligenten Menschen kommt dergleichen vor, und unterschrieb ihm den Wisch, den er mir zuschickte und in welchem ich auf alle meine Rechte an GILGAMESCH verzichtete.

Wir drehten mittlerweile in Prag, wo es für uns mehr Abwechslung gab als in Cesky Krumlov, und diesem Umstand verdankte sich, dass die Filmarbeit nicht völlig unerträglich wurde. Zum Glück hatte auch die Kostümbildnerin ihre gute Laune wiedergefunden, sie thronte jetzt auf ihrem Hotelbett im Intercontinental und zog von dort aus die Fäden. Meine gestückelten Drehtermine erlaubten mir, in der Zwischenzeit nach München zurückzukehren, wo ich mir seit geraumer Zeit ein kleines Appartment eingerichtet hatte. In mein Haus an der Ostsee bin ich nur noch einmal zurückgekehrt: um es zu verkaufen.

Der Film mit Fassbinder war ein Flop (und meine Beziehung zu ihm nicht von langer Dauer). Sein zusammengewürfeltes Team bestand aus Leibeigenen und Autonomen. Er versuchte natürlich, mich in die erste Kategorie zu pressen, doch das ließ ich mir nicht gefallen! Überhaupt, es war verwunderlich, wie er diese Leute, darunter völlige Nieten, durch Häme und Zynismus zu Höchstleistungen anspornte, und ich musste Peter Stein insgeheim so manches abbitten. Boshafterweise ließ mich Fassbinder von einer fremden Stimme nachsynchronisieren, sodass es sich anhörte wie Rumpelstilzchen. Außerdem war meine beste Szene herausgeschnitten, kurz und gut: Ich ärgerte (und schämte) mich hinterher so, in diesem Schrottfilm mitgewirkt zu haben, dass ich Gott weiß was dafür gegeben hätte, um diese Tatsache ungeschehen machen zu können. Erfolg oder nicht Erfolg, ein Gefühl der Mattigkeit, des Überdrusses ergriff mich, je länger ich diesen Beruf ausübte, und wenn ich heute zurückschaue, sind meine bald 30 Filme alle durchaus entbehrlich.

Um über die Runden zu kommen, ergatterte ich einen Stückvertrag an den Münchner Kammerspielen und spielte mal wieder Theater: ein Flop. Was ich auch anfing in jener Zeit war künstlerisch ein Flop (am Theater besonders schmerzhaft, weil man danach diesen Rattenschwanz von Vorstellungen spielen muss), aber finanziell ging es mir immer besser. Den Kauferlös für mein Haus in petto, überlegte ich, vielleicht selbst einen kleinen Film zu produzieren. Doch was, wenn *der* ein Flop würde? Dann wär das Geld weg. O nein, dies bitte auf gar keinen Fall! Zuerst musste versucht werden, meinen nächsten Flop, den bescheuerten Kostümfilm, bei dem fast jeder die Katastrophe vorausfühlte, anständig zu entsorgen.

Das Einerlei der Dreharbeiten wurde unterbrochen durch einen Auftritt besonderer Art. Des Hauptdarstellers Ehefrau war zu Besuch – ich glaube, sie hieß Babette – und mäkelte an allem herum, was sie nichts anging. Ihre Gattenliebe demonstrativ zur Schau stellend, verlangte sie vom Kameramann bessere Muster (denn auch sie hatte Zutritt zu den abendlichen Vorführungen), vom Regisseur mehr Achtsamkeit im Umgang mit seinen Darstellern und vom Produzenten, bitte schön, ihres Mannes Spesen für die letzten vier Wochen. Wie eine Wildsau suhlte sich Babette in ihrem Emanzengehabe. Logisch, ihr Mann war ein gefragter Schauspieler!

Ob alle ihre Forderungen erfüllt wurden, weiß ich nicht, aber wenigstens die Spesen wurden ausgezahlt, auch an mich, und ich erfuhr bei der Gelegenheit, Babette werde mich in ihrem Auto nach München mitnehmen. So sparte sich der Produzent ein Flugticket. Nun, diese Heimfahrt wird mir auf immer im Gedächtnis bleiben! Babette nutzte sie für eine Generalabrechnung in Sachen GILGAMESCH, obwohl der Fall doch eigentlich erledigt war. Bis zum grausamen Höhepunkt aber steigerten sich nicht nur die vielen Hin- und Rückreisen zwischen München und der ČSSR (immerhin musste damals noch der Eiserne Vorhang passiert werden), sondern auch der Geiz unseres Produzenten.

In der letzten Aprilwoche in Teltsch, einem malerischen Städtchen in Südmähren, dessen historischer Marktplatz schon vielen Kostümfilmen als Kulisse gedient hat, waren sämtliche Fernsehantennen, Straßenbeleuchtung, Reklameschilder und politische Spruchtafeln abmontiert worden, um den Platz für die Filmarbeiten tauglich zu machen, und ich sollte am letztmöglichen Drehtag, bevor der Platz für den 1. Mai hergerichtet und neu geschmückt werden musste, in meinem historischen Kostüm in eine historische Kutsche einsteigen. Weiter nichts. Einziger Haken war nur, ich hatte diesen Drehtermin nicht im Vertrag und sollte schon nachmittags in München sein, wo eine Wiederaufnahmeprobe und abends Vorstellung im Theater meine ganze Kraft heischte.

"Ich bitte dich, Hubert", flehte der Produzent, "tu uns den Gefallen! Wir wissen sonst nicht, wie wir diese Einstellung in den Kasten kriegen sollen. Ich bürge dir dafür, dass du rechtzeitig in München bist."

Und ich ließ mich darauf ein, ich Depp, wohl wissend, dass er das volle Risiko trug, falls etwas schiefging. Ein alter Chrysler, unser Produktionsfahrzeug, stand bereit, mich sofort nach der letzten Klappe aufzunehmen, und Rudi, unser Stuntman, sollte ihn fahren. Ich hatte mir schon immer gewünscht, in einer dieser amerikanischen Badewannen durch ein kommunistisches Land chauffiert zu werden.

11 Uhr 45 geht's los Richtung deutsch-österreichische Grenze. Die Leute stehen mit offenen Mündern am Straßenrand, manche winken. Nach dem Grenzübertritt soll ich in ein zweites Auto wechseln, mit anderem Chauffeur, und Rudi den Chrysler zurückfahren. Doch dazu kommt es nicht. Etwa 13 Uhr 20, kurz hinter Budweis, haben wir eine Autopanne. Rudi, der sich als methodischer Denker profilieren will, schlägt vor, in ein nahegelegenes Gasthaus zu gehen und ein Taxi zu rufen.

"Vergiss aber nicht, den Produzenten zu fragen", rate ich ihm.

Als Rudi nach zwanzig Minuten zurückkommt, verkündet er: "Keine Panik. Der Produzent persönlich holt uns ab. Dauert etwa eine Stunde."

Ich hole mein Gepäck aus dem Kofferraum, und wir genehmigen uns im Wirtshaus ein Budweiser Bier. Ab und zu schauen wir aus dem Fenster, aber die Stunde vergeht und kein Produzent ist zu sehen. Schließlich bestellen wir uns ein Taxi. Der Fahrer verlangt einen horrenden Preis, natürlich in Devisen, und als wir gegen 16 Uhr am Grenzübergang ankommen, treffen wir auf den entsetzten Produzenten. Wo wir uns denn rumgetrieben hätten? Er habe das Fahrzeug am Straßenrand liegen sehen und sei vorbeigefahren. Habe nicht wissen können, dass wir in der Kneipe auf ihn warten.

Ich fordere ihn auf, das Taxi zu bezahlen, was er entschieden ablehnt.

"Hören Sie, Herr ***, in einer halben Stunde beginnt meine Theaterprobe in München", schreie ich, dabei heftig auf meine Armbanduhr tippend, "die habe ich bereits versäumt. Wenn ich auch die Vorstellung versäume, wird das noch viel, viel teurer für Sie".

"Die Vorstellung wirst du erreichen, mein Junge. In Linz wartet ein Lufttaxi auf dich."

16 Uhr 15. Weil ich ein Geschäftsvisum habe, passiere ich relativ rasch die Grenze und lasse den Produzenten auf der Taxirechnung sitzen. (Wie ich später erfuhr, gelang es ihm mit der Drohung, ihn als Devisenschieber anzuzeigen, den Fahrer auf einen Spottpreis in Tschechischen Kronen herunterzuhandeln.) Der neue Chauffeur, ein behäbiger Österreicher, bringt mich im Eiltempo nach Linz, wo wir zirka um 18 Uhr eintreffen. Er ist vom Produzenten angewiesen, mich direkt am Flugzeug abzusetzen. Bis wir es jedoch erreicht haben, vergeht eine weitere Viertelstunde. Der Pilot grüßt knapp und lässt, nachdem ich mit flatternden Nerven mich auf meinem Sitz festgeschnallt habe, die Maschine starten. Wir fliegen in einer weiten Schleife über Linz in Richtung München. Um 19 Uhr 30 soll die Vorstellung beginnen, das werde ich wohl kaum schaffen. Gewissheit und Genugtuung, an nichts schuld zu sein, aber trotzdem dies Abenteuer zu erleben, beruhigen mich kolossal.

Die Taxifahrt vom Flughafen ins Theater war die Hölle.

Ich schaffte es dann doch irgendwie, weil dem Publikum mitgeteilt worden war, die Aufführung beginne eine Stunde später: ein Hauptdarsteller, der nach Filmarbeiten im Ausland ... etc.pp. Man möge auf Kosten des Hauses im Foyer ein Getränk zu sich nehmen! Als ich kurz nach halbacht am Bühnenpförtner vorbeieilte, rief der hämisch: "Do sein's jo endlich!", und die langen Gesichter der Kollegen, mit denen ich auf der Bühne zu einer kurzen Verständigungsprobe zusammentraf, waren mir eine Qual. Für sie war ich eben *doch* schuld, und ein subtiler Hass, vielleicht auch bloß Neid, schlug mir entgegen. Wir hatten das Stück seit Monaten nicht gespielt, aber die Vorstellung lief dann erstaunlich gut, und als ich am Ende dieses Tages meiner Freundin Uschi in die Arme sank, war mein Fazit: Traue nie wieder einem Produzenten!

15

Talent und Verstand

Ich kann es absolut nicht leiden, ich sagte es schon an anderer Stelle, wenn man mich nur wegen meines guten Aussehens bevorzugt. Niemand soll mich behandeln wie eine Schaufensterpuppe! Tatsache war nun aber, Helsinki hatte mir den Hals gebrochen, ich wurde überall nur noch mit 'Sherazad' angeredet. War es vorher schon schwierig gewesen, eine gute Rolle am Theater oder ein paar Drehtage in einem halbwegs anspruchsvollen Fernsehspiel zu bekommen, danach war es fast unmöglich, und das verdankte ich Hansi Köck. Ich fuhr hinaus ins Studio Hamburg, ideologisch bis an die Zähne bewaffnet, um ihr die Meinung zu geigen.

"Was wollen Sie, Kindchen", stöhnte sie, "ich werde mich eh bald aus dem Gewerbe zurückziehen. Diese Undankbarkeit kann ich nicht mehr ertragen."

Ich nannte ihr unsere neue Adresse. Wir waren im Begriff, unser Appartment am Eppendorfer Baum aufzugeben und in eine preiswerte Wohnung in Eimsbüttel umzuziehen. Unsere finanzielle Situation wurde mehr und mehr bedenklich.

"Telefonnummer bleibt dieselbe?", fragte sie lustlos und erkundigte sich mit keinem Wort nach Schorsch. Offenbar hatte sie ihn fallenlassen.

Mein (immer noch) Ehemann war besessen von der fixen Idee, Travestie zu machen, und damit in den Augen seiner Agentin nicht mehr vermittelbar. Er hockte ständig mit den Leuten zusammen, die er auf Sylt kennengelernt hatte, schräge Typen zumeist, und probte Playback-Nummern. Sie hatten Auftritte mal hier, mal da, in Stadthallen oder Vereinslokalen, und es waren die ersten Anfänge dessen, was sich später SCHMIDTS THEATER nannte und höchst erfolgreich wurde. "So etwas vermitteln wir nicht", sagten seriöse Agenten, "das ist Tingeltangel."

Auf dem Weg zurück in die Stadt fuhr ich schwarz mit der S-Bahn und wurde auch prompt erwischt. Aber das machte mir nichts! Ohne Führerschein war ich auf öffentliche Verkehrsmittel angewiesen und entwickelte eine wahre Lust, mich mit den Leuten zu zoffen, Benimm- und Anstandsregeln zu konterkarieren. Ein Quentchen Aasigkeit, dachte ich, könne nicht schaden, um meiner dürftigen Begabung aufzuhelfen. Und nicht nur Schwarzfahren machte mir Spaß, ich begann auch eine nicht unerhebliche Karriere als Ladendiebin.

Mit den teuren Fummeln und Accessoires für Schorsch, die ich bei meinen Modenschauen in diversen Hamburger Kaufhäusern für ihn abgezweigt hatte, war es nun allerdings vorbei, da ich inzwischen Umstandsmoden vorführte. Ich war jetzt sichtbar schwanger, und immer häufiger boten mir nette Menschen – mir, der Schwarzfahrerin! – ihre Plätze an. Wurde ich beim Klauen erwischt, spielte ich die Verwirrte.

Schorsch war tief in die homosexuelle Szene einge-taucht, erkundete Darkrooms, Cruisingplätze und dergleichen. Er gefiel sich als Kurtisane der Autobahnparkplätze, stieg zu Fernfahrern in die Koje. Seine Abenteuer, die ich dann brühwarm aufgetischt bekam, durften, ja *sollten* unter dem Siegel absoluter Diskretion von mir weitergetratscht werden, und wenn ich überhaupt den Mut fand, unseren alten Freunden davon zu erzählen, konnten sie's gar nicht glauben. "Hör bitte auf, Ellen, ihn madig zu machen! Schließlich lebst du ja noch mit ihm! Was soll's?" – Von Drogen hielt er sich allerdings fern, so weit ich es beurteilen konnte. Zu Hause sah ich ihn nur noch selten. Manchmal brachte er einen Gespielen in unsere neue Wohnung mit, und ich hielt den beiden das Handtuch (kein Scherz!). Verwunderlich war, welche Typen er bevorzugte: ältere, ausgelaugte Ehemänner, die, wenn sie mich sahen, sogleich die Flucht ergriffen, melancholische Steuerfachangestellte, dralle Sportlehrer mit Tränensäcken und Doppelkinn, allesamt verblühte Schwuchteln, die er auf einer Klappe irgendwo in der Nähe aufgabelte. Als ein schmuddeliger Pizzabote mehr Interesse für mich zeigte als für ihn, wurde er eifersüchtig und schmiss ihn raus. O ja, er liebte mich durchaus noch! Und ich meinte es mehr als gut mit ihm ... Aber wenn ich mein verständnisinniges Gesicht im Spiegel ansah, wurde mir übel.

"Versuch nicht, diesen Mann zu halten! Es ist der Falsche!", sagte mein Vater, der Opernsänger.

"Wenn er überhaupt ein Mann ist!", sagte meine Mutter, die Kostümschneiderin. "Ein Weib ist der, auf den kannst du verzichten!"

Schorsch würde seinen Weg bis zu Ende gehen, kein Zweifel. Die hanebüchene Konsequenz einer Geschlechtsumwandlung stand wohl nicht zur Debatte. Was aber sollte aus *mir* werden? Ich musste mich jetzt dringend darum kümmern ...

Wer Künstler sein will und nur wenig Talent hat, ist in wachsendem Maße auf seinen Verstand angewiesen. Und wenn das Reden über Kunst beinahe schon selber Kunst ist, hatte ich seit jeher die Nase vorn, weil bestens informiert über die internationale Theaterszene. Als Bescheidwisserin steckte ich sie alle in die Tasche: Wer hatte zum Beispiel von Eugenio Barba und dem ODIN TEATRET gehört, einer damals hoch angesehenen Avantgardebühne (heute, obwohl noch immer aktiv, weitgehend vergessen)? Wer kannte Ariane Mnouchkine und ihr THEATRE DU SOLEIL, wer Pina Bausch und ihr TANZTHEATER WUPPERTAL? Ich konnte stundenlang darüber referieren. Und hatte ich das schwule Genie, mit dem ich verheiratet war und das seine Existenz nur mühsam in den Griff bekam, nicht selbst aufgefordert und ermutigt, Queer Theatre zu machen? Es musste doch auch für mich ein Geringes an Originalität zu erhaschen sein, dachte ich und schrieb – in typisch weiblicher Ästhetik, versteht sich! – innerhalb von sechs Wochen ein Theaterstück. Lockere Handlung, leichte Dialoge, moderne Befindlichkeiten. Ich sprang hinein ins kalte Wasser, mitten hinein, und siehe da: Ich konnte schwimmen.

"Habe ich Sie nicht schon irgendwo gesehen? Ihr Gesicht kommt mir bekannt vor!", sagte ein leitender Mitarbeiter des Medienverlags, mit dem ich Kontakt aufgenommen hatte, und küsste mir die Hand.

"Ich bin Schauspielerin."

"Oh, dann wird mir einiges klar! Ihre Dialoge sind brillant und, ich muss sagen, Sie haben eine typisch weibliche Ästhetik. Sie möchten natürlich selbst die Hauptrolle übernehmen?"

"Nicht unbedingt."

"Wie kommen Sie auf den Titel DER BÜSTEN-HALTER? Ein bisschen frivol."

"Aber wieso denn? Es handelt sich um eine Komödie. Mein nächstes Stück heißt DER SCHNURRBART, eine Farce."

"Können Sie uns etwas darüber sagen?"

"Ich dachte, wir sind hier, um über mein *erstes* Stück zu sprechen. "

"Schauen Sie", sagte er und wurde plötzlich sehr ernst, "wir verlegen nicht einzelne Stücke. Wir verlegen Autoren und ihr Werk."

Es juckte mich, ihm ein paar Grobheiten, die ich mir beim Schwarzfahren antrainiert hatte, ins Gesicht zu sagen, ließ es aber. Er fragte mich dann noch, mit welchen anderen Schriftstellern ich Kontakt hätte, vermutlich, um mich in die passende Schublade einzuordnen, und wir verrenkten uns in Artigkeiten. Über mein Stück verlor er kein Wort mehr, nur: "Sie werden von uns hören!" Beim Abschied gelang es mir, von seinem Schreibtisch ein silbernes Feuerzeug zu klauen.

So konnte es nicht weitergehen, ich brauchte Resultate. Die Komödie DER BÜSTENHALTER war für den baldigen Verbrauch bestimmt, denn meine typisch weibliche Ästhetik, hatte sie erst einmal das Verfallsdatum überschritten, konnte leicht ranzig werden. Dass mein Stück nach der Uraufführung wiederholt inszeniert würde, damit rechnete ich sowieso nicht, aber wenigstens diese Uraufführung wollte ich schaffen, – entweder sofortigen Erfolg, bitte schön, oder Untergang! Zu allem entschlossen, drängelte ich meinen schwangeren Leib in die Verlagsetagen von Rowohlt, Suhrkamp und Co., in die muffig verrauchten Büros hochnäsiger Dramaturgen und Fernsehspielredakteure: "Haben Sie nicht für eine Zahnpasta Reklame gemacht? So jemand können wir uns nicht leisten!" oder "Warum wenden Sie sich nicht an eine Frauenzeitschrift?" bekam ich zu hören. "Sehr hübsch, sehr nett, sehr interessant" war alles, was ich erreichen konnte, und "Sie erhalten Bescheid! Wir melden uns bei Ihnen!"

Wenn ich abends spät in unserer Stammkneipe ankam, die ich neuerdings wieder öfter frequentierte, tröstete mich der überaus nette Klaus Pohl: "Was rackerst du dich ab? Das regelt sich ganz von alleine, schließlich bist du eine Frau!" – "Eben deshalb ja!", fluchte ich. "Gar nichts wird sich regeln." Er hatte vor kurzem selber begonnen, Stücke zu schreiben, spielte am Schauspielhaus kleine Rollen und stand im Begriff, Vater zu werden. Das Kind sei nicht von ihm, bekannte er freimütig. Seine Braut war die Zigeunerweisen schmetternde Sanda Weigl, eine Nichte von Helene Weigel. Obwohl man sich, wie damals üblich, sogleich duzte, waren wir uns nicht unsympathisch und schlossen nähere Bekanntschaft. Als Dritter gesellte sich der Schauspieler Harald Kuhlmann dazu, der allerdings einen etwas blasierten Ton anschlug und eine elitäre Haltung an den Tag legte, weil er irgendwann einmal an der Schaubühne gewesen war. Er hatte ein Stück in der Fleißer-Nachfolge verfasst, und wir glaubten an sein Talent. Er weigerte sich aber, die Meisterwerke zu schreiben, die wir von ihm erwarteten, während Klaus Pohl so wirkungsvolle Stücke schrieb wie HUNSRÜCK, DIE SCHÖNE FREMDE, HEISSES GELD und KARATE-BILLI KEHRT ZURÜCK, die, teilweise von ihm selbst oder seiner Ehefrau inszeniert, großen Erfolg hatten. Er war auf bestem Wege, in den Siebziger-/Achtzigerjahren das zu werden, was *ich* mir am meisten wünschte: einer der Lieblinge des Feuilletons zu sein. Heute ist er geächtet als Maestro des Trivialen und der donnernden Geschmacklosigkeiten.

Es war an einem Tag im Frühsommer – ich plackte mich mit meinem zweiten Stück DER SCHNURRBART, Schorsch machte übers Wochenende Travestie auf einem Alsterdampfer –, da klingelte das Telefon. Am Apparat mein alter Intendant aus D., Schlaumeier genannt, der vergeblich versucht hatte, mit mir ein Verhältnis anzufangen. Er sei jetzt Intendant in C., habe DER BÜSTENHALTER gelesen und wolle die Uraufführung machen. Ob ich die Hauptrolle spielen möchte?

"Lieb von dir, Schlaumeierchen", sagte ich gerührt, "aber wirst du auch zu mir halten, wenn die Kritiken schlecht sind?"

"Nein", lachte er, "dann lasse ich dich eiskalt fallen. Doch keine Sorge, die Kritiken werden nicht schlecht sein. Ich inszeniere selbst."

Das hatte ich befürchtet. "Aber ich habe noch gar keinen Verlag ...", sagte ich ausweichend.

"*Ich* bin dein Verlag, Ellen. Wir machen eine Pauschale. Wieviel verlangst du?"

"Es geht nicht. Ich bin schwanger, es kann jeden Tag so weit sein."

"Schade", sagte er enttäuscht, "dann warten wir eben, bis diese Pest vorüber ist."

Am Theater wird man nicht schwanger, wollte er sagen. Wir plauderten von alten Zeiten. Er fragte nach Schorsch, und ich erzählte ihm, dass der jetzt Travestie mache. Er konnte es nicht fassen.

"Und Knabe Wagenlenker?" (Er meinte Hubert.)

"Oh, *der* macht Filme mit Fassbinder und Edgar Reitz."

Er kam aus dem Staunen nicht mehr heraus, offenbar lag C. in der tiefsten Provinz. Las man dort keine MÜNCHNER ABENDZEITUNG?

Ich fuhr, um mein Kind zur Welt zu bringen, nach Hannover und hatte mit meiner Mutter ein Abkommen getroffen. Sie würde ihren Beruf, der ihr ohnehin keinen Spaß machte, aufgeben und sich um Karlchen kümmern.

"Bist du sicher, dass es ein Junge wird?", zweifelte sie.

Ich schwor es ihr.

Meine Eltern bestanden darauf, zu wissen, wer der Vater ist, und ich lud sie in die Hochhaus-Lichtspiele ein, wo gerade der Fassbinderfilm lief, in dem Hubert wahrlich keine gute Figur machte.

"Siehst du", sprach ich zu Karlchen, "das dort oben ist dein Pappa. Aber du brauchst dich deswegen nicht zu schämen, sein nächster Film wird spitze."

ENDE